VASA de esquina

Coleção de literatura
brasileira contemporânea

Mulher assimétrica

Mulher assimétrica

/

Maria Luiza Corrêa

Editora Quelônio

para William

um dia desejo
morrer
outro dia morro
de desejar

São Paulo no desenho final

Perdi o sono pensando no meu romance e desisti de dormir. Deixei minhas gatas no quarto, encostei a porta e desci. Minha casa é uma inspiração. É a concretização da arquitetura que nunca me abandonará. Mas ela é mutável. De madrugada, seu interior de pé-direito duplo, ainda na penumbra, é invadido por uma luz suave que me chama para o quintal. Vejo o pedaço de céu, só meu — um quadrado perfeito emoldurado pelos muros altos que tiram a visão da cidade. Nesta madrugada o quadrado é um edredom muito branco e macio cobrindo o pátio, deixando o céu já azul se entrever por pequenos furos.

Minhas gatas descem também para visitá-lo. Enquanto eu mesma preparo meu café — como Manuel Bandeira no seu "Poema só para Jaime Ovalle" —, a luz passa a clarear todas as coisas.

Começo a escrever. A rotina dos poemas pressupõe o lápis, o caderno e o dicionário, porque faço ensaios com as palavras e guardo as versões, como fotogramas. Mas a prosa escrevo direto no computador, que às vezes preciso tirar do colo para acolher uma dessas criaturas mudas com quem aprendemos a nos comunicar sem palavras. Às nove horas começam a chegar os ruídos: a Idália, que me ajuda em casa há trinta anos lavando a pouca louça da noite; os helicópteros, voando baixo, lembrando meu pai aviador quando bem-humorado e os jatos que passam longe com sua voz grave de quando ficava bravo. De vez em quando ainda chegam o marceneiro faz-tudo, os jardineiros ou o carteiro. E não há mais clima para a escrita.

Araxá e a perna curta

— Esta menina está mancando. Tem uma perna mais curta que a outra — gritou minha avó Arminda com sua voz de barítono, do alto da varanda, enquanto eu me levantava do tombo na calçada em frente à casa. Devo admitir que com toda a sua maluquice foi ela quem primeiro notou uma assimetria no meu corpo. Decidiu que precisava me benzer, e assim aconteceu: fui levantada de cabeça para baixo, os pés encostados no batente de uma porta e o corpo puxado em direção ao chão. Meu vestido de menina, invertido, tampava a visão do homem forte que me segurava e da plateia alvoroçada — avó, avô, as duas empregadas fiéis e algumas das cinco tias solteiras. Depois, no quintal, houve a cerimônia da benzedura propriamente dita, com a curandeira batendo o ramo de arruda fedorento em mim enquanto dizia palavras incompreensíveis. Minhas pernas continuaram de tamanhos diferentes, mas eu nunca mais manquei.

Arminda e Irineu eram meus avós paternos. Ela, descendente de um tal Capitão Tomé, hoje nome de rua em Araxá, era a única mulher entre quatro irmãos homens que a mimaram e se arvoraram de seus defensores desde que, aos quinze anos, ela se casou e passou a atormentar o pacífico marido.

Quando tomei conhecimento deles, até onde consigo lembrar, já faziam parte do folclore da cidade e, sossegados, viviam deitados numa cama dupla onde até recebiam as visitas. Eram servidos pelas duas negras: Luzia, a cozinheira de empadinhas inigualáveis, e Zaíra, de quem me lembro andando pelas ruas sempre apressada, pano branco amarrado na cabeça, vestido xadrezinho de azul, a cumprir alguma exigência da patroa, como buscar na casa de alguém um frango, ovos, ou biscoitos.

A avó Arminda era pidona e engraçada, e os amigos ricos gostavam de presenteá-la. Quando queria dinheiro dos irmãos fingia-se de doente, lenço úmido na testa, gemendo e reclamando das dificuldades, até receber o consolo monetário, despachá-los e se levantar da cama toda serelepe.

Era conhecido o seu ciúme patológico: nenhuma mulher podia se aproximar do meu avô, sob pena de ouvir xingatórios. Nada de pegar as filhas no colo. Na rua, ele tinha que andar na frente e apanhava com o cabo da sombrinha caso olhasse para os lados. Enquanto tomava banho não podia fechar a porta do banheiro para não sair do ângulo de visão dela, sempre vigilante da cama ou sentada no corredor.

O ciúme se estendia aos demais. Em um almoço com toda a família, a minha mãe — jovem e tímida nora — não aceitou a sobremesa oferecida e uma das tias comentou, bem-humorada: "Ah, ela só gosta dos doces da mãe". Minha avó se levantou e, para espanto de todos, puxou a toalha com tudo em cima, espatifando e espalhando ruidosamente louça, talheres e comida pelo chão.

O avô Irineu era farmacêutico e seu comércio funcionava no mesmo corpo da casa. Foi lá que a filha mais velha — ainda menina — encontrou dona Arminda traindo o marido com o ajudante da farmácia. Diante do escândalo, o rapaz foi expulso da cidade pelos irmãos da senhora respeitável, que, inconformada, obrigou meu avô a se mudar com a família para o Rio, onde o moço tinha ido morar. Célio, meu pai, já vivia lá desde os catorze anos, quando cansou de apanhar da mãe por qualquer motivo fútil que se avolumasse na sua cabeça. Durante o ritual da surra, ele ouvia:

— Zaíra, prepara a bacia da salmoura.

E lá vinha Zaíra a contragosto trazendo a solução que disfarçaria o inchaço e os machucados do menino.

§

Alguns anos depois, o casal voltou do Rio com as filhas para a mesma casa de Araxá. Tenho a memória do cheiro reconfortante de sopa, a janela da sala dando para o pátio lateral aquecido pelo sol, o quarto grande das moças onde me intrigavam os sutiãs encardidos jogados pelas camas, a cozinha com o fogão a lenha e tia Loreta eternamente sentada em um banquinho junto à porta, fumando sem parar. Dali se via a parte do quintal onde fui benzida.

Lembro também da escada no canto da sala, estreita e um pouco escura, descendo para a farmácia — um salão iluminado, aberto para a esquina, o balcão de três lados, as prateleiras de madeira e vidro, o cheiro de éter e o pequeno laboratório onde meu avô manipulava os remédios e onde um dia minha avó se escondera para namorar o ajudante. Meu pai contava que era ali que o avô Irineu produzia o famoso sabonete homenageado depois por Manuel Bandeira no poema "Balada das três mulheres do Sabonete Araxá", conseguindo a cor escura da suposta lama medicinal com graxa de sapato. Não sei se é verdade.

"As três mulheres do sabonete Araxá me invocam, me bouleversam, me hipnotizam/ Oh, as três mulheres do sabonete Araxá às 4 horas da tarde!/ O meu reino pelas três mulheres do sabonete Araxá! [...]"

Enquanto morava no Rio, meu pai, ainda solteiro, trabalhava na nova farmácia do meu avô e tomou, por conta própria, toda a penicilina de um dos primeiros lotes importados para o Brasil destinado a um doente que acabou morrendo antes de o remédio chegar. Não sei dizer por quê. Foi lá que aprendeu a dar injeção e era quem nos aplicava, quando éramos crianças e ele já aviador da Aeronáutica. Ficávamos deitados de bruços com as calças e calcinhas abaixadas ouvindo-o chegar, repetindo:

— Bundinhas para o ar, bundinhas para o ar.

Quando meu avô morreu, a avó Arminda mostrou sua fragilidade. Não quis vê-lo e nem foi ao enterro. E não demorou muito para morrer também.

§

O pesadelo recorrente era abstrato, talvez por eu ser ainda muito criança: a visão de uma textura assustadora. Minha avó materna, Dora, levava-me para a mesa da sala de jantar, no centro da casa, em torno da qual giravam a sala de visitas, a do radioamador, os quartos, o banheiro e a cozinha. O pé-direito era alto e sobre a mesa pendia um lustre com estampa de flores. Eu chorava muito, sem que, estranhamente, ninguém mais acordasse. Vovó cuidava de me acalmar com palavras de que eu não lembro; só a imagem de minhas pernas pendendo da borda da mesa, o corpo dela de frente para o meu.

Devo continuar a descrever a casa porque ela era quase a minha avó: no quintal, a indefectível, imensa mangueira. Nos dias de chuva as mangas maduras caíam fazendo um barulho aconchegante. As verdes, a vovó guardava no armário para amadurecer à força e elas acabavam perfumando os lençóis. Um tanque de cimento, a fumaça, o quarador e o cheiro de sabão preto completavam o quintal, mas havia ainda as trincas no chão por onde escorria um fio de água manchado do anil usado para clarear a roupa branca. As galinhas e as parreiras eram o mais importante para a vovó.

Era uma mulher alegre. Uma vez contou que na juventude, quando ficava triste, sentava-se sob uma árvore e chorava.

— Por que você chorava, vovó?

Eu sabia: era por causa do meu avô Nico. O homem vivia na zona e às vezes chegava bêbado em casa. Uma noite até colocou um revólver sobre a mesa. Todo mundo gostava quando avó Dora roubava dinheiro das suas calças enquanto ele dormia. Não era vingança; além de sem-vergonha, o velho era pão-duro. Mas não entendíamos por que ela tirava seus sapatos de feltro para entrar no quarto.

— Lembra, vovó, quando eu tinha pesadelo e você me punha na mesa? Não sei por que aquela coisa escura e enrugada me aparecia no sonho e me dava medo.

Fora de Araxá, costumava cismar que ela tinha morrido de ataque no coração e chorava. E lá eu a vi uma vez desmaiada de verdade, estendida sobre a mesa.

— Por que você desmaiou naquele dia?

Eu ouvira o zum-zum-zum sobre um escândalo envolvendo meu tio. Um desfalque ou uma amante, algo assim. Mas minha pergunta ficou sem resposta.

Era bom olhá-la fazendo doce: o pé de moleque, o doce de caju colhido no campo, descascar o figo protegendo a mão do leite com um pano branco amarrado, servindo à mesa o frango que tinha coragem de matar mas não de comer. Vê-la com os óculos na ponta do nariz crochetando com seu dedo torto. Foi engraçado saber que, com todo o recato de senhora envelhecida antes da hora, ela não costumava usar calcinha. Quem contou, imagine, foi meu pai, seu genro, que era como um filho e podia brincar com essas coisas.

Eu crescia e continuava tentando entender a imagem terrível de meus primeiros sonhos. Quando minha mãe contou que não teve leite quando eu nasci, um grande bico de seio seco se revelou.

Durante a infância e a adolescência estive muito perto da minha avó. Ela foi ficando cada vez mais velha, calada e distante no espaço e no meu pensamento. A casa foi se transformando: perdeu o jardim lateral de roseiras e as janelas altas; a sala de radioamador virou de visitas e televisão, e a de jantar virou copa. Aquela mesa central de madeira, onde minha avó me confortava, foi substituída por uma de fórmica com toalha de plástico. Só a velha geladeira americana permaneceu no seu lugar de destaque e continuou dando choque. Não sei em que momento trágico a velha mangueira foi cortada, e da sua magnitude restou um fantasma triste sentado em um toco robusto mas estéril.

Até começar a faculdade eu ainda passava as férias naquela casa, mas casada comecei a me hospedar na da minha sogra, também em Araxá. Depois ganhei um filho, me divorciei e um dia tive uma gravidez indesejada. A comprovação chegou junto com a notícia da morte da avó Dora. No banco traseiro do carro fui enjoando o tempo todo e, no velório, diante do seu corpo depositado no centro da sala nova, eu pensava em voltar logo para fazer o aborto.

§

O vizinho era um menino chamado Rômulo, nome que sempre achei perfeito para um surdo. Tinha uma irmã gêmea, também surda. Estavam sempre à janela da sua casa em frente à da avó Dora. Construídas no alinhamento, a deles possuía um porão meio-nível acima da rua de modo que a janela do meu quarto, bem em frente, era mais baixa que a sua. O olhar do menino me intimidava. Com os braços cruzados sobre o parapeito, pálido como as paredes, parecia uma estátua dentro de um nicho. Às vezes a irmã formava a dupla. A família era meio pobre, e os pais eram velhos e velho também devia ser o interior da casa.

A da vovó era muito animada com meus irmãos, primos e a tia Zilá, solteirona e substituta da minha mãe quando ela despachava os filhos nas férias com o fim de economizar para poder pagar nossas roupas e o dentista. Tia Zilá nos acompanhava às festas e durante os preparativos fazíamos muita bagunça. Um dia até tomamos vinho e a vi bêbada, cantando da minha janela:

Capri, c'est fini
Et dire que c'était la ville
De mon premier amour
Capri, c'est fini
Je ne crois pas
Que j'y retournerai un jour

Passamos a acompanhá-la dançando e cantando e o Rômulo só conseguia ver nossos gestos e risos em i e u. Nesse dia, pela primeira vez, vi uma pessoa chorar e rir de emoção ao mesmo tempo: meu avô. Tia Zilá, olhos fechados, o corpo rodopiando em êxtase, não percebeu o velho encostado na porta do quarto — felizmente, pois ela não gostava dele.

Um pouco adiante da casa do Rômulo ficava uma outra, pequena, pintada de azul-claro, com uma porta dupla e um biombo que escondia seu interior: era o Centro Espírita. Dela saíam os fantasmas em pleno dia preenchendo a rua, formando uma barreira que eu sempre transpus correndo. O Rômulo devia enxergá-los com sua visão aguçada e por isso talvez nem sentisse medo.

Da nossa casa podíamos ver a praça da Igreja Matriz e o começo da avenida principal, uma espécie de Rambla, descendo do seu eixo até a parte mais antiga da cidade: a estação rodoviária com o pequeno mercado às costas e a casa da famosa Dona Beja ao lado. Daquele ponto via-se de novo, lá em cima, a Igreja, imponente sobre a base de uma dezena de degraus, com sua única torre e o relógio. Atrás dela a cidade se estendia em aclive até a estrada do Grande Hotel do Barreiro.

Um dia vi o Rômulo no mercado e ele me pareceu colorido, junto à banca de frutas onde só se vendiam as que não tínhamos nos quintais. Ele me sorriu e ofereceu-se para carregar as sacolas da tia Zilá. Enquanto subíamos pude notar com o rabo do olho os pelos loiros do seu braço.

Recebendo as compras na cozinha, vovó ofereceu-lhe o pé de moleque ainda quente:

— Toma, Rômulo, eu acabei de fazer — explicou, desenhando um círculo com as mãos como se mexesse a rapadura no tacho.

Rômulo olhava distraído o quintal, para a velha mangueira, as mangas maduras do alto inacessíveis — como eu devia ser para ele da sua janela. Fez sinais para que esperássemos e voltou com o que seria daí em diante o instrumento mais usado nas nossas férias de janeiro: uma vara comprida tendo na ponta uma latinha amarrada com arame.

Cutucada com cuidado, a primeira manga entrou docemente na lata e foi trazida para nossas mãos, quente, firme, amarela, com suas pintinhas pretas.

Avô Nico tinha um armazém ao lado da casa, fechado por cinco portas de enrolar iguais. Ao longo delas corria o balcão de madeira pintado de verde. Atrás, as grandes caixas com as tampas abertas enfileiradas, cheias até as bordas com cereais e farinhas de cores e texturas variadas. No canto esquerdo, o escritório, separado por uma mureta, e no fundo, além das prateleiras repletas de garrafas e latas, uma porta para o enorme depósito de queijos. Tudo cheirava a queijo, farinha, ameixa seca, madeira, papel-carbono e notas de dinheiro.

Vovô comercializava os queijos com São Paulo, com um tal de Seu Coelho, e gostávamos de imitá-lo quando falava alto ao telefone:

— Alhão, é o Cuêio?

Era uma figura, aquele meu avô. Gostava muito de mulher — era o que os adultos falavam dele. Lembro de vê-lo virando-se 180 graus para olhar cada uma com quem cruzasse na calçada.

Uma vez por ano apreciávamos a saída da romaria para a cidade de Água Suja, organizada no entorno da praça. Ali estacionavam os caminhões, a carroceria coberta com lona branca, a traseira recebendo os romeiros com roupas e lenços brancos como sacos de farinha, de um branco que jamais vi tão branco.

Diferentemente das romarias, a Festa dos Santos Reis era multicolorida e com uma música estranha de gritos e notas longas, não de alegria nem de dor, uma espécie de chamado, uma mistura de vozes e sons de pequenos tambores e pandeiros. Os instrumentos tinham fitas penduradas e os homens, mantos longos e pesados bordados com linhas brilhantes. Eles chegavam e paravam na calçada em frente a uma casa e cantavam: "Santos Reis pede esmola, mas não é por precisão". A família, de dentro, ouvia e os donos os convidavam para entrar. Ali continuavam um pouco a quase estourar nossos ouvidos, e depois silêncio. A esmola recolhida, agradeciam com reverências e sorrisos e iam para outra casa.

Numa dessas ocasiões vi meu avô chorando pela segunda vez, agora com a boca torta e o nariz escorrendo, numa careta de pura emoção. O Rômulo tinha se juntado às pessoas lá fora, eu via sua cabeça entre as outras e pensava que era uma pena ele não poder ouvir e participar plenamente da Festa de Reis. É certo que entendia as cores e talvez até as lágrimas do meu avô. Depois que tudo se acalmou, ele ainda ali na rua encostado à parede, me aproximei e perguntei, improvisando gestos, se ele tinha gostado. Acenou afirmativamente várias vezes com a cabeça, risonho. Tomei coragem e o convidei para passear no dia seguinte. Ele topou.

Dei uma desculpa e saí depois do almoço. Encontrei-o na porta da sua casa, na rua lateral da praça, a escada estreita subindo num único lance. Olhando para cima pude vislumbrar o teto da sala, de onde pendia um lustre pobre. Pela corrente de ar que atravessava a porta vinha um cheiro de coisa velha, diferente da casa da vovó, que cheirava a frescor.

Começamos a subir, a igreja à nossa direita, atravessamos a rua do Grupo Escolar, depois os trilhos, passamos em frente ao colégio dos padres e ao Clube Esportivo Municipal, deixamos às costas a casa modernista dos meus tios, passamos pelo asilo das bobinhas e chegamos ao começo da estrada velha do Barreiro, muito mais bonita que a nova, com seu chão de pedra subindo em curvas entre flores silvestres.

Havia um belvedere em um trecho plano, e ali nos sentamos sob um bambuzal. O silêncio era cortado pelo som das folhas e o rangido dos bambus. Em frente, o verde vivo sob o sol. O Rômulo me propôs uma brincadeira: eu tentaria fazê-lo ouvir o bambuzal e ele tentaria me fazer ver sem olhar. Ficamos de pé e comecei a mexer no seu corpo. Suspendi seus braços e com as unhas passei a arranhá-los desde as pontas dos dedos até os ombros e soprei sua testa, fazendo a franja esvoaçar. Pensei que aquilo pudesse representar o som das folhas. Para sugerir o rangido dos bambus, torci-lhe o braço para trás, forçando-o sobre suas costas até ele soltar um gemido de dor. Ele tapou meus olhos com um lenço, segurou minha mão e a friccionou na sua até esquentá-la. Acho que queria me falar da luz do sol. Pegou um pouco do mato e o levou ao meu nariz, e assim eu vi o verde.

Chegando ao ponto mais alto da estrada, na borda da cratera do vulcão supostamente extinto (eu li que nunca há a certeza da extinção dos vulcões) admirávamos o Grande Hotel no centro do vasto jardim, com o lago, as piscinas, os caminhos, os cavalos e charretes. Tudo naquele lugar, feito para os turistas — os aquáticos, como diziam na cidade —, era para nós longínquo e mágico. Ficamos em silêncio muito tempo, espantando mosquitos e tomando os últimos raios de sol. Eu pensando com as palavras, ele com as imagens.

Na volta eu quis ultrapassar correndo o quarteirão da piscina pública, porque um menino morrera afogado ali havia poucos dias. Mas ele conseguiu me convencer a entrar escondido. Pulamos o portão, tiramos a roupa e mergulhamos na água fria, ele com suas pernas finas e eu com os meus peitinhos já apontando, de cuja sensualidade ainda não tinha consciência. No fundo esverdeado eu via sua imagem desfocada, até ele se aproximar e me olhar nos olhos com seus olhos azuis. Já estava escurecendo, e de repente os postes se acenderam e a luz refratada transformou a superfície da água em um teto, que nos aprisionava em um mundo silencioso e brilhante.

§

Jussara, minha mãe, foi mandada para o internato com apenas seis anos. Isso porque meu avô, comerciante bem de vida mas de origem humilde, imitava os fazendeiros que naquele tempo ainda moravam na zona rural e mandavam as filhas para estudar na cidade. Ela dormia em um berço no dormitório das maiores e precisava da ajuda delas para calçar as botas cheias de botões. "Levantávamos para a missa de madrugada e no caminho para a capela eu gostava de ver o reflexo da lua nas minhas botas", ela me contaria.

A casa dos meus avós ficava perto do colégio e em um dos passeios das alunas a freira deixou-a correr até a casa para ver a mãe. Distraída, ela demorou para voltar e levou o castigo de um cartaz às costas com os dizeres SOU DESOBEDIENTE, com que foi exibida em todas as classes como exemplo.

Entre as perversidades habituais das madres, a pior talvez tenha sido não deixá-la ficar com a boneca, presente do pai, levado pelo irmão César.

— Agora que já viu a boneca, vamos devolvê-la para você brincar na sua casa — disse a diretora tirando-a delicadamente dos braços da menina.

Depois de formada no Curso Normal, Jussara começou a lecionar no colégio e a namorar meu pai só de longe, porque meu avô não consentia:

— Namorar aquele vagabundo de praia, não.

Ele não era vagabundo, trabalhava, como já contei, na farmácia do pai, em Copacabana — onde morava em um quartinho nos fundos —, e vinha a Araxá de vez em quando visitar os parentes e rever os amigos de infância.

Avó Dora e avô Nico tinham mudado para uma casa bonita perto do mercado (mais tarde voltaram para a Praça da Matriz), de estilo eclético, grande, a parte principal elevada em *piano nobile*, emoldurada por uma longa varanda, com jardim e garagem laterais e uma imponente escada externa de mármore. Lá meu pai ouviu do meu avô um sonoro não em resposta ao pedido de namoro. Desceu a escada sem se importar com a chuva que o encharcava e subiu a ladeira chutando a enxurrada.

Quando o Brasil entrou na Segunda Guerra, um tio dele, almirante da Marinha, aconselhou-o a candidatar-se a um curso de formação de pilotos da Aeronáutica nos Estados Unidos. De lá, ele voltou depois de um ano, dessa vez fardado, e foi muito bem recebido por meu avô, que antes do pedido — agora de noivado — ausentou-se da sala, voltando vestido com a antiga farda do Exército, do seu tempo de tiro de guerra.

§

Araxá já possuía um pequeno aeroporto onde meu pai, desde então, aterrissava para visitar a noiva, não sem antes passar em voos rasantes sobre a sua casa e o colégio das freiras, arrancando folhas das árvores e gritinhos das alunas.

Para a cerimônia do casamento do jovem tenente da FAB — que se casou com a farda de gala branca, como era o costume — estava previsto o Teto de Aço, cerimônia em que na saída da igreja oficiais em fila dupla cruzam as espadas no alto, para a passagem do casal. Mas na última hora a situação política se agravou — era 1945, ano da queda de Getúlio — e só houve mesmo a chuva de arroz, porque os oficiais não puderam sair de seus postos na capital do país. Por isso também a viagem de lua de mel mudou. Sem avião, precisaram pernoitar no Grande Hotel da cidade e foram depois, de trem, até Belo Horizonte, de onde voaram para o Rio.

Moraram dois anos em uma vila na Tijuca que pertencia à avó de meu pai, dona Geni, uma mulher refinada. Ela ensinou minha mãe a cozinhar e a cuidar de uma casa. Mas na primeira sopa que meu pai tomou a batata ficou depositada no fundo do prato. Ele não reclamou, porque amava muito sua mulherzinha.

Minha mãe ficou grávida e para comprar meu enxoval vendeu as lindas camisolas de cetim e rendas do seu próprio enxoval.

Nasci na vila, mas em três meses meu pai recebeu a primeira ordem de transferência de muitas que ainda viriam e tornariam minha mãe uma especialista em arrumação de malas.

Belém e a cobra

Minhas imagens de Belém são as lembranças de minha mãe. A Base Militar era um lugar inóspito, pontilhado de pequenas casas de madeira pintadas de azul com telas nas janelas. De base aérea para o exército americano durante a Segunda Guerra tinha passado à função mais prosaica de posto do Correio Aéreo Nacional, responsabilidade da Aeronáutica e da Marinha brasileiras. As famílias americanas tinham saído deixando suas casas desabitadas.

Meus pais partilhavam com um casalzinho de Pernambuco a vida dos que vivem só de amor. O tenente Leon foi o único aviador que conheci que tinha medo de viajar de avião e precisava de uns goles de uísque antes de entrar em um. Nunca pilotou, trabalhando sempre em funções administrativas. A mulher, Vilma, era baixinha, enquanto Leon era muito alto e engraçado. Tinham também um bebê. Mais tarde fomos outra vez vizinhos em um edifício de Copacabana.

O melhor programa dos dois casais era se aprontar e levar as crianças para olhar os aviões anfíbios — os Catalinas — decolarem e aterrissarem na água — objetos estranhos, asas e hélices sobre o corpo de um barco, um bico de pássaro e uma proa no lugar da cabine. Para os bebês, aquela coisa não devia ser diferente das outras, mas sinto que alguma lembrança permaneceu em mim, certa identificação com aquele bicho anfíbio estranho e ainda por cima com nome de mulher.

Naquelas casas de madeira belenenses de apenas dois cômodos — um banheiro e outro onde se dormia e cozinhava — colocavam-se cobras nos forros para comerem os insetos. Uma noite, mamãe e Vilma, que a visitava com o filhinho, pensando ouvir o chocalho de uma cascavel, entraram comigo no meu berço, a única cama com dossel, e ali ficaram até a chegada dos bravos maridos.

Há uma fotografia em branco e preto em que uma menina careca, de cabeça grande e um gracioso laço amarrado no topo, quase nua pelo calor, sentada em um lençol estendido no chão, inclina-se na direção de um grande cachorro peludo. Era eu.

Um dia meu pai foi enviado para uma missão em outra cidade e resolveu nos levar. Ele num avião confortável e minha mãe e eu num de carga, junto com galinhas e sacos de mantimentos. Chegando já tarde a um pequeno aeroporto, uma escala no meio da viagem, a mulher do vigia ofereceu sua casa para pernoitarmos. Posso imaginar a cena: o caminho estreito, fechado no alto pelas copas das árvores, o escuro, só a luz da lua entrando pelas frestas, o mato esbarrando em nossos corpos, a umidade da noite, os grilos. A mulher arruma uma bacia de água quente, deposita-a no chão de cimento, minha mãe me dá banho, e em seguida toma banho na mesma água.

Rio de Janeiro e a menina que comia rã

De Belém voltamos para a vila da dona Geni. Eu tinha três anos e ainda era filha única. Ali fui crescendo com meus medos. Nossos vizinhos eram pessoas simples. Havia um homem que comerciava carvão. Um outro era feirante e tinha uma filha da minha idade.

O primeiro era a encarnação do mito do homem do saco, com quem eu me deparava toda tarde, no portãozinho ao pé da escada do jardim, enquanto esperava meu pai chegar do trabalho.

O segundo era o homem perverso que obrigava a filha a comer lagartixa — na verdade, a rã que trazia da feira. Sueli, a menina que comia rã, foi minha primeira amiga.

A vila tinha a forma de uma ferradura com árvores no centro e ficava perto de um morro. Meu pai tinha construído nos fundos um quartinho e um chuveiro para a empregada, que não durou muito; foi derrubado pela água que desceu do morro em uma chuvarada. Minha mãe subiu comigo em uma cama e ficou olhando o botijão de gás rodopiando pela casa.

Antes de cuidar do quartinho, meu pai tinha decorado o banheiro deles com decalques sobre o azulejo existente.

Muitos anos depois ela me contou que adorava olhar as figuras de mulherzinhas banhistas brincando com bolas coloridas. Pensei ver lágrimas nos seus olhos. Meu pai já tinha morrido.

Aclimação e a chupeta

Minha irmã Diva tinha os olhos grandes e cor de violeta e, quando minha mãe nos levava a passeio, ela chamava a atenção no seu carrinho de bebê. Depois, já menina, parecia uma pequena dona de casa, ajudando minha mãe nos afazeres, e eu concluí que ela era a mais amada. Meu pai, tenho certeza, gostava igualmente das duas. Ele costumava nos carregar nos braços, uma de cada lado. Quando ela tinha uns dois anos e eu cinco, moramos, por pouco tempo, na Aclimação, em São Paulo, em um prédio que tinha uma loja no térreo. Um dia sua chupeta caiu na marquise e ela começou a subir na janela para pegá-la. Eu a salvei, apesar do ciúme.

Guaratinguetá e a úvula dupla

A casa era isolada no campo, térrea, um pouco elevada do solo, com a varanda e as fachadas laterais e de fundo circundadas por uma calçada estreita onde um dia vi da janela do meu quarto uma cobra pequena. Foi um alvoroço, um homem levando a enxada, matando-a e descobrindo que a coitada não era venenosa. O quintal enorme e cercado com arames me era proibido por um galo branco e bravo que corria atrás das pessoas. Lembro de uma área extensa de terra — devia ser a estrada — trincada pelo calor repentino de depois das chuvas, onde eu ficava observando os cacos brilhantes daquele chão sem graça transformado em um mosaico precioso.

Uma noite houve incêndio na casa e as labaredas vistas de fora eram muito altas — talvez nem tanto; talvez seja apenas um curto-circuito nas minhas lembranças.

Em uma manhã cinzenta, meu pai nos levou a um piquenique para as famílias dos militares, em um bosque. Tinha chovido e entre as árvores altas o chão ficara coberto de folhas úmidas. Andávamos em grupo, os oficiais à paisana com as respectivas mulheres e crianças, quando vi sob uma árvore, amassados, molhados e misturados com o barro, pedaços grandes e brilhantes de um papel azul, daquele azul da embalagem de algodão Johnson ou do vidro de leite de magnésia ou ainda do uniforme do meu pai. No mesmo instante correu a notícia do acidente com um colega dele.

— O avião caiu, o tenente França morreu. A esposa está aqui e ainda não sabe.

Me veio então a imagem das trincas do quintal da minha avó, mas, em vez da água de anil, corria nelas um filete de sangue. Foi meu primeiro contato com a morte.

Um tempo depois tive a experiência da pequena morte: levantei da cama do hospital da Aeronáutica — minha irmã dormia ao lado — e fui sozinha ao banheiro. Fiquei tonta e caí e só me lembro de acordar com o frio do ladrilho nas costas. Gostei do lapso de tempo. Tínhamos saído de uma operação de garganta. Só eu sofria de uma inflamação recorrente, mas — suponho que para resolver de uma só vez um possível problema — Diva também foi operada. Não sei se o desmaio foi consequência da anestesia ou da dor: o médico tinha se arvorado de cirurgião plástico e tentado arrancar metade da minha campainha, aquela que fica pendurada na entrada da garganta chamada úvula, que era dupla. Não conseguindo, deixou-a meio esmagada. Mas depois ela se recuperou, como as lagartixas recuperam a cauda.

§

Minha mãe tem um primo mais novo, o Raul, que naquela época namorava a Vera, uma moça de Guaratinguetá. Depois que se casaram, costumávamos visitá-los na casa dos pais da Vera em São Paulo, e eu gostava de ver a dona Ofélia, a avó, pondo o bebê deles para dormir dentro da gaveta da cômoda, sobre a cama, enquanto os adultos conversavam na sala. Gostava também de olhar o Raul quando ele deslizava o corpo no sofá e estendia as pernas sobre a mesinha de centro da sala.

Itaim Bibi e os anões de jardim

Eu tinha oito anos; minha irmã Diva, cinco; e meu irmão Luiz, quatro. Minha mãe estava grávida da Lia, e ainda não sabíamos que viria mais um irmão, o Francisco. No dia em que ele nasceu, anos depois, meu pai estava em viagem. Chegando, foi direto para a maternidade e quando viu que o bebê era moreninho, falou:

— Ih, será que é mesmo meu?

— É, mas é o último — respondeu minha mãe.

Ele então desistiu de ter os oito filhos que queria.

Morávamos em um sobrado geminado da rua Pedroso Alvarenga, no bairro do Itaim Bibi, em São Paulo. Uns três quarteirões acima havia uma casa com anões de louça no jardim. Eu não me cansava de subir para olhá-los, como a criança que pede para ouvir várias vezes a mesma história. Coloridos e dispostos assimetricamente no gramado, livres até mesmo da presença da Branca de Neve, ficavam, porém, presos pelo gradil baixo. Perto e distantes — um pouco aflitivo —, não eram bonecos que eu pudesse ter nas mãos. Foi a minha primeira experiência com a escultura. Talvez tenha vindo daí meu encantamento por ela.

Meus pais ainda viviam com o dinheiro contado. Não

tinham carro e por isso a garagem lateral do sobrado ficava com a porta de enrolar permanentemente fechada e virou sala. Eu ia para o colégio de carona com a tia Olga, que levava as duas filhas ao Sacré Coeur de Marie, provavelmente escolhido para mim por causa da carona. Um dia, descendo esbaforida para atender à porta, minha mãe escorregou na escada e caiu com sua barrigona de grávida. Era a da Lia.

Tia Olga, a caroneira, era irmã do primo Raul e casada com o tio Carlos — assim o chamávamos embora não fosse tio de verdade. Gostava da casa deles porque havia um lugar misterioso, um escritório com porta dupla de madeira e vidro translúcido onde meu tio, de cara séria mas olhos risonhos, ficava fechado, lendo e estudando. Tia Olga cuidava para que ninguém o importunasse. Ela andava dentro de casa de salto alto e a bolsa nos ombros, porque saía e voltava de carro o dia todo, resolvendo as coisas. Os filhos eram três e a adolescente brigava com a mãe, subia para o quarto aos berros e lá ficava trancada como o pai (mas ninguém sabia fazendo o quê). Eu então compreendi que algumas pessoas são problemáticas, sem saber que no futuro eu precisaria de uns antidepressivos para ficar também menos problemática. Curiosamente, aquela menina é hoje uma mulher calma e carinhosa.

Uma noite acordei com vozes na rua, olhei pela janela do andar de cima do nosso sobrado e vi os dois casais, meu pai bêbado, abraçado ao poste, cantando alto e fazendo declarações de amor ao tio Carlos, que as retribuía, igualmente bêbado. Depois vi minha mãe ajudando-o a subir a escada, ele me olhando lá de baixo sorrindo, como se dissesse: "Este também sou eu, eu também sou frágil".

Minha segunda grande amiga foi a Maria Cecília Rosatto, uma menina rica que morava na rua Canadá, no Jardim

Europa, em uma mansão com um enorme jardim nos fundos, à Le Nôtre, duas piscinas de cerâmica brilhante verde-escura, uma delas rasa, só para as crianças, e uma casa de bonecas onde se podia entrar. Ela estranhou o tamanho do meu sobrado, acho que pensou que aquilo era só a casa dos empregados.

A tia Zilá, irmã de minha mãe, vinha muito a São Paulo visitar o noivo, o Zé Amorim, um magrelo meio *dandy*, metido a chique que morava em uma pensão frequentada pelos moços de Minas. Ela o paparicava bastante, mas um belo dia descobriu que ele tinha uma amante e, acostumada a ver a mãe sofrer a vida toda com o marido mulherengo, rompeu imediatamente o noivado. Depois ficou noiva de um rapaz de Araxá e, quando já tinha o enxoval todo pronto, escreveu uma carta ao Zé dizendo que o amava, mas ia fazer a vontade do pai casando-se com outro. O destino fez com que o noivo aparecesse na pensão do Zé e que este lhe mostrasse a carta. Não houve casamento. Sem dar explicação, o noivo arranjou outra noiva e logo casou.

Tia Zilá não teve sorte com os amores. O pretendente seguinte foi um gringo que ela dispensou por sentir-se humilhada em um jantar em que a família conversava entre si em alemão.

§

No Sacré Coeur me revelei uma boa desenhista. Em um evento do colégio fui escolhida para desenhar na lousa o mapa do Brasil enquanto uma colega expunha um tema histórico. Eu desenhava devagar, acompanhando o ritmo da sua fala. Cada curvinha, reentrância ou saliência do contorno correspondia a uma palavra e ia se juntando a outras, deslizando no limite entre um continente e um oceano imaginados. Aquilo parecia uma brincadeira, e era a antecipação do meu gosto pela representação das coisas.

Fiz lá minha primeira comunhão com o vestido emprestado de uma prima. A manga era três-quartos em vez de comprida como o exigido e, embora a luva e o babado cobrissem parte do braço, eu e minha mãe levamos uma reprimenda daquelas. Eu não tinha prestado atenção às inúmeras recomendações das freiras.

Há uma fotografia em que estamos na sala em torno do meu pai sentado em uma poltrona, eu em pé de um lado, o Luiz do outro e a Lia, bebê, no colo dele, todos com roupas de inverno elegantes, meias de lã e cabelos penteados (a Diva estava morando em Araxá, com a tia Zilá). Destoa da formalidade a posição do meu pé, dobrado sobre os dedos, a metade fora do sapato, eu sorrindo, distraída.

Araxá e o nariz quebrado

Nas férias seguintes ao meu passeio com o Rômulo à estrada do Barreiro quase não o vi mais; comecei a frequentar os adolescentes das classes mais remediadas e ricas.

O hotel continuava mágico, mas agora eu estava dentro da magia, sob os brilhantes lustres de cristal da Boêmia, os tetos trabalhados em madeiras de lei, pisando em mosaicos de mármores italianos de várias tonalidades, as escadas atapetadas de vermelho, os guarda-corpos de latão como se fossem de ouro. No salão de baile cheio de luzes e música de orquestra brincávamos o Carnaval e comemorávamos o Ano-Novo com os namorados barbeados, dentro dos seus ternos e gravatas juvenis.

Meu namorado, Bruno, morava em Belo Horizonte e naquela época só nos encontrávamos nas férias em Araxá. Assim, foi a minha segunda experiência de vida afetiva descontínua, se considerada a do Rômulo como a primeira. Foi também quando se revelou a dispersão do meu interesse amoroso. Eu gostava mesmo era do meu primo Sandro, com quem tive as primeiras impressões sexuais: uma vez, na casa modernista onde ele morava com os pais e o irmão, Fabrício, eu o vi nu, de costas no banheiro, ao lado do pai que se barbeava também nu e também de costas. E foi ele, não meu namorado, quem me ensinou a beijar. Estávamos em um grupinho na sala de visitas da casa da avó Dora e o assunto era o beijo. Quem já tinha, quem ainda não tinha beijado. O Sandro tinha aprendido não sei se com as namoradas ou mulheres mais velhas, o fato é que aprendera muito bem.

— Quer que eu te ensine?

Eu estava sentada, ele veio em minha direção e, curvado, me beijou. Nossas bocas eram uma bola molhada e macia; meu rosto, meu corpo, ele, a sala desapareceram. Só existia a boca molhada e macia.

No jardim de Burle Marx do Grande Hotel, junto à pontezinha japonesa, ele apoiou o pé sobre uma pedra e me deu o segundo beijo. De longe os menores riam de nós, e eu também me sentia distante de mim, como se pudesse me ver — uma nova Cláudia.

§

Gardênia, irmã da avó Dora, tinha seu salão de cabeleireira na rua principal, apelidada pelos araxaenses de rua Boa Vista, mesmo ela não propiciando vista alguma (tenho para mim que a razão eram os olhos nos olhos do *footing* que faziam lá depois do cinema). Ali, ainda meninas, eu e a Lola — órfã, prima da minha mãe e criada pela tia Gardênia — brincávamos de fazer peruquinhas com as mechas de cabelo caídas no chão, que prendíamos em um grampo, lavávamos com shampoo e penteávamos, deixando-as brilhantes, lindas e perfumadas como as flores.

Férias eram também sinônimo de dentista. O doutor Ênio tinha o consultório no pavimento superior de uma casa na mesma rua Boa Vista. A sala era meio escura. O motor tinha correias e roldanas que faziam um barulho sinistro e esquentava o dente, porque não esguichava água gelada como os de hoje. Nada de anestesia. Na sala de espera já começávamos a sofrer, e da rua podia se ouvir o som aterrorizante.

Eu costumava carregar o Luiz nos ombros e, um dia, passando em frente ao consultório, tropecei, não sei se de medo, e caí com a cara no chão, meu irmão sobre a minha cabeça. Fui levada à farmácia da esquina e recebi o diagnóstico de nariz quebrado. Meus dentes da frente ficaram moles. Nos dias seguintes a boca foi ficando inchada e ferida, e eu não conseguia comer. Sorte que minha avó tinha uma espécie de xícara de louça branca fechada em cima e com um bico — como a lâmpada de Aladim — com que eu conseguia tomar sopa pelo canto da boca. Meus dentes ficaram bons, mas meu nariz perdeu a simetria, ficou com uma narina menor que a outra e um ossinho saltado em cima.

Não sei se por causa do acidente, o curso de beijo foi interrompido.

Campo de Marte e os acidentes

Moramos pela terceira vez em um bairro de São Paulo, ao lado da ponte que atravessa o rio Tietê e vai dar na avenida Santos Dumont, no Campo de Marte. Era um conjunto de edifícios de três andares bastante democrático, as famílias dos oficiais mais graduados convivendo com as dos sargentos. Ficava perto dos hangares e havia espaço para patinar. Era a época dos patins e dos bambolês. Mas também a época em que as meninas começavam a se maquiar escondido das mães. Eu tinha onze anos.

Íamos de perua até o Colégio Santa Inês e bem na hora de sair pintávamos os olhos. Um dia minha mãe me viu em frente ao espelho em plena obra e, antes que a terminasse, encheu meu rosto de tapas. Acho que foi a única vez em que me bateu.

Na véspera da primeira comunhão da minha irmã resolvi contar a ela, sem nenhum outro motivo que o de compartilhar minha sensação de espanto e nojo, como viemos ao mundo, com todas as etapas e detalhes. Minha mãe descobriu e ficou uma verdadeira fera:

— Tirou a inocência da irmã na véspera da primeira comunhão!

Vislumbrei meu pai atravessando o corredor do quarto para o banheiro de cara envergonhada. Foi um trauma que carreguei por alguns anos. Tinha tirado a inocência da minha irmã!

Uma vez, pela janela do nosso apartamento — que ficava no térreo — vi um homem me olhando, parado na calçada atrás da grade com o pinto de fora, batendo-o no tubo da bicicleta. Nossa empregada, uma mulher grande e despachada, deu-lhe tal bronca que o homem sumiu depressa, nem deu pra ver direito aquela coisa estranha.

Luiz, com sete anos, andava de bicicleta no pátio dos hangares e foi atropelado. Não se machucou porque o carro vinha devagar, mas ficou com a cabeça perto da roda. Poucos dias depois, aconteceu um acidente com o meu pai. De manhã, ele se despediu carinhosamente da minha mãe como sempre fazia e foi para o hangar. Ia levar um avião para uma viagem curta. Poucos minutos depois, um sargento veio avisá-la:

— Dona Jussara, o avião do Capitão Célio caiu.

Mamãe foi correndo para a torre de controle e lá ficou sabendo que o avião ia cair. O motor tinha pifado e, para evitar a avenida, meu pai direcionou-o para o pátio de uma fábrica onde despencou ao se desviar de fios de alta tensão e bater em um *outdoor*. Houve um princípio de incêndio. Ele desmaiou com a cabeça sobre o manche e foi o último a ser retirado do avião, porque pensavam que estivesse morto. Minha mãe encontrou-o na cama do hospital todo faceiro:

— Não foi nada, meu bem, estou pronto pra outra.

Minha adolescência começou ali, entre os aviões e o Tietê. Lembro-me de participar de uma sessão de comparação de seios com as meninas em um quarto fechado e meio escuro, em que elas riam de mim por serem os meus muito pequenos e pelas palhaçadas que eu fazia para disfarçar minha vergonha.

Pirassununga e o sutiã

21°59'46" Sul, 47°25'33" Oeste, 627 metros. Procurei na fotografia do satélite e lá estava o coreto, no centro da grande praça, no centro da cidade, isolado dentro de uma pequena clareira de árvores podadas em forma de um anel perfeito. E na minha memória, só ele, em um vazio parecido com o que temos no centro da cabeça, onde fica a poderosa hipófise, rainha das glândulas, no seu trono de osso.

Depois que mudei de Pirassununga, um tumor começou a crescer naquele vazio do meu cérebro, até oprimir minha hipófise e destruir seu trono. O tumor foi extirpado, a hipófise preservada, fiquei bem, mas será que a memória daquela cidade foi embora com o tumor, restando só o coreto?

A imagem borrada dele na fotografia — mas ainda assim um coreto — me deu um aperto no coração. Suponho que tenha permanecido o que era: um ponto fixo em torno do qual girávamos, procurando nossos olhos, os rapazes no sentido horário e as moças no anti-horário (há quem ache significado nisto). Uma cidade tão generosa com os jovens e eu quase me esqueço dela.

Meu pai fora designado para coordenar ali a construção de uma nova base da Aeronáutica. Enquanto as casas para oficiais — distantes do centro, em terrenos amplos e sem muros — não ficavam prontas, moramos em uma pequena casa na cidade. Começo a me lembrar de alguns acontecimentos marcantes do curto tempo da casinha.

Antes de relatá-los, quero confessar que menti sobre meu apelido logo que cheguei. Alguém perguntou:

— Você tem um apelido?

— Tenho. É Cloê.

E assim fui chamada durante os três anos em que vivi lá.

Logo em um dos primeiros dias ouvimos um estrondo. Saímos para a rua e atrás da fumaça pudemos ver parte do pequeno avião fincado no telhado da casa da frente. Os vizinhos se juntaram e comentavam que o avião perdera uma asa e a jovem moradora, um braço. A lembrança do acidente acaba aí.

Na casinha ganhei meu primeiro sutiã. Minha mãe o trouxe de uma viagem a São Paulo. Eu não esperava, ela não tinha combinado nada comigo. Branco, de algodão, com pespontos concêntricos de uma linha brilhante também branca. Era bom sentir nas mãos aquela peça estranha, nova e oca. Experimentando-o, notei mais uma assimetria no meu corpo: o bojo esquerdo ficava meio vazio. Escondida, peguei uma pequena meia do meu irmão, cortei a ponta, dobrei-a e preenchi o que faltava, segredo que guardei por muito tempo, sentindo-me ligeiramente culpada.

No final de um escuro e estreito corredor ao lado do banheiro havia uma escada para o quintal. Sentada em um degrau, senti o sangue escorrendo e molhando minha saia. Já tinha menstruado uma vez na casa da minha avó Dora, mas tinha esquecido da experiência desagradável. Eu demorava no banheiro, e tia Zilá, a mamãe e a vovó batiam na porta e riam. Fiquei envergonhada e pensativa sobre o que fazer e minha mãe então recomendou:

— Lave sempre as calcinhas, é muito feio deixar as pessoas verem.

A lembrança mais nítida do tempo da cidade enquanto moramos na casinha é a de um microcirco vindo não sei de onde, instalado na pequena sala de frente da casa da esquina. Tinha folheto de propaganda e cobrava entrada como se fosse um grande circo. Através da cortina pesada entrava-se na sala nua, silenciosa, sem janelas, paredes toscamente caiadas de branco e uma iluminação também branca penetrando tudo. No fundo, emoldurada por cortinas laterais azul-claras, sobre uma espécie de palco, uma enorme aranha negra com uma cabeça de mulher de verdade que girava de um lado para o outro. Através das pernas da aranha se via a parede do fundo, prova da ausência do corpo da mulher. Nunca me perguntei como aquilo era possível. Hoje penso que devia ser jogo de espelhos, mas isso não importa porque não apaga a imagem daquelas pernas peludas negras na altura dos meus olhos, a cabeça giratória de olho parado mas piscando, a pele branca de reflexo azul, a mulher que é aranha, aberração, espanto e magia.

Foi a primeira vez que estudei em colégio misto. Em torno da mesma praça do coreto, isolado sobre o eixo maior, ele parecia mais importante que a igreja, que ficava ao lado. Manhã luminosa, roupa curtinha de cetim, botas brancas, girando o bastão, levantando a perna, eu de baliza no desfile do colégio. Quem costurou a roupa? Onde consegui o bastão? Por que fui escolhida? Onde ficavam os outros? Brilho sozinha, na minha lembrança incompleta.

Pirassununga era muito diferente da mineira Araxá. O

próprio ar era paulista e as pessoas tinham também o sotaque caipira, mas, em vez de falar cantado, enrolavam a língua no céu da boca, como os americanos. Quando saí de lá, eu falava do mesmo jeito.

— A Cláudia é muito influenciável. Já está falando igual às pessoas da cidade — dizia minha mãe.

Era parecida com as pequenas cidades dos Estados Unidos que, na mesma época, conheci nos filmes, como em *Juventude transviada.* E os namoros aconteciam no cinema, não nos salões de baile: com o menino que me dava balas perfumadas, com o outro na última fileira, alto e moreno, que me deu um beijo e eu senti o bigodinho.

Minha amiga Ângela e eu íamos de pé na carroceria da caminhonete, pela estrada da sua pequena fazenda, sentindo o vento no rosto. Havia outra amiga, a Cica, menina falada por namorar soldados. Vejo-a na praça, sentada no banco de cimento — daqueles gravados com anúncio de loja — conversando com o moço de quepe verde.

Me apaixonei por um colega chamado Sávio. Lembro da emoção na troca dos bilhetes durante a aula. Mas minha irmã Diva, com dez anos, resolveu também se apaixonar por ele. Todo mundo ficou sabendo, sua paixão era avassaladora, mas a levávamos na brincadeira.

Depois que meu pai foi transferido de cidade, voltei lá uma vez, em uma festa num galpão enorme, onde estavam todos os antigos amigos. Alguém me disse naquela noite que o Sávio tinha se declarado à minha irmã. Ela já era então uma moça e, agora sim, uma rival de verdade. Soube, mais tarde, que ele se tornou dentista e casou com a Ângela.

§

Há poucos dias descobri o Sávio no Facebook e lhe escrevi uma mensagem:

Oi, Sávio, não sei se vai se lembrar de mim, de quando morei em Pirassununga e éramos muito jovens. Soube que casou com a Ângela e é dentista. Eu a procurei no Facebook e não a encontrei. Sou arquiteta e professora aposentada. A Diva mora em Portugal. Um abraço.

Ele respondeu: *Você morou em Pira?*

E eu: *Sim, meu pai era aviador e montou aí a base da FAB. Talvez você se lembre por meu apelido: Cloê.*

Ele: *Caríssima Cláudia, como é que poderíamos nos esquecer de você, que é parte integrante de nossa juventude? A pergunta que fiz foi por ter dúvida se era mesmo a nossa Cloê. Em todos estes anos sempre nos recordamos dos momentos felizes que convivemos em Pira.*

Na mensagem seguinte ele me disse que iria me contar uma coisa que nunca contara a ninguém, mas só depois que falássemos de nosso momento atual. Resumimos nossas vidas e recebi o e-mail prometido. Não sem culpa por lhe desobedecer, reproduzo-o aqui.

Assunto: *Uma história verdadeira*

Caríssima Cloê, foi uma grande emoção o nosso reencontro após 56 anos. É uma vida imensa nos separando. Entretanto, considero uma experiência nova e uma oportunidade quase inédita de contarmos nossas histórias sem necessidade de ficarmos expostos a opiniões de terceiros. Ontem, no calor da emoção, fiquei propenso a escrever a história, relacionada, evidentemente, ao tempo em que você esteve em Pira. Uma história que sempre imaginei contar-lhe pessoalmente. Na verdade, sonhei com isso. Mas depois de uma noite mal dormida e principalmente meditando, concluí que mais uma vez eu estava fugindo de uma situação. Pensei que nunca teria oportunidade, antes de morrer, deste contato. Não contarei a história completa, mas dizem que para bom entendedor meia palavra basta.

Fui apaixonado por você desde o primeiro dia em que a vi no ginásio. Na época, minha timidez e a baixa autoestima eram enormes. Contentei-me em ser amigo, inventando uma paixão pela sua irmã, pois via nisso uma forma de aproximação. Quando demos um passeio de lambreta, só nós dois, foi o melhor de meus dias. Só faltou um beijo. Um lugar tão romântico e eu falando sem parar sobre o rio, o pesqueiro e uma besteirada. E você ao meu lado. Que desperdício. Isso me dói até hoje. Um beijo e nossa vida poderia mudar para sempre. Para o bem ou para o mal, mas seria uma outra história. Um beijo, que talvez não fosse negado, seria lembrado por toda a minha vida. Na noite em que voltamos do passeio não dormi um segundo, emocionado, com mil planos, que não levei a cabo. Agora estou tranquilo. Desanuviei meu coraçao. Não poderia partir desta levando um segredo. Segredo do meu maior amor.

PS: Depois de ler, destrua esta carta. Deixe-a somente em seu coração.

Ao ler a mensagem, a presença até então esmaecida daquele garoto me assaltou vaga mas fortemente. Quase o vi me olhando sentado ao meu lado na beirada do rio. Ele era loiro, mas o que mais? O que nele inspirava o meu amor? Por que nos aproximamos? Por que nos tornamos amigos?

Continuamos nos correspondendo pelo correio eletrônico. Escrevi que não me lembrava de quase nada da minha vida em Pirassununga, o que me afligia porque tenho certeza de que fui feliz lá, vivi com uma liberdade e uma alegria que não tive com outras pessoas, em outros lugares. Pedi que me contasse mais histórias. Perguntei sobre o acontecido com a Diva, já que soube da sua declaração de amor durante um baile em um lugar estranho, mas nunca entendera direito. Ele então escreveu:

Quando me declarei à Diva estávamos no clube Pirassununga. Era Carnaval, o ano era 1967. Na tarde daquele dia você, Ângela e Rita apareceram na minha casa. Batiam palmas e cantavam "Greenfield", a música que cantávamos quando nos reuníamos e você morava aqui. Diva não veio com o grupo naquela tarde. Não sabia que ela estava em Pira. Não perguntei por ela porque soubera que já era noiva, ou quase noiva. Combinamos de nos encontrar no clube à noite. Eu e Ângela estávamos namorando. Portanto, o encontro seria de nós três. Antes de sairmos para o clube, muita bebida. Quando chegamos, nada de Cloê. Continuamos bebendo e de repente aparece Diva dançando do meu lado. Quando a vi, ela chegou bem perto e nos beijamos. Estávamos em um grupo, inclusive Ângela. Foi um escândalo. Ficamos sozinhos em um canto conversando. Menti que estava brigado com a Ângela. Ela contou-me do seu novo namorado. Alguém veio chamá-la, sua mãe estava preocupada. Não as vi mais. Foram embora no outro dia sem despedidas. Na época a comunicação era difícil. Em Ribeirão recebi uma carta dela pedindo que eu definisse a nossa situação. Respondi que a distância era uma barreira e também minha situação de estudante — estava no terceiro ano da faculdade, com uma despesa imensa e um futuro ainda incerto. Ela escreveu mais uma carta. Não muito tempo depois saiu no jornal o casamento dela com retrato e tudo.

No ano do tal baile eu já cursava a faculdade em São Paulo e ainda estava com o Bruno, meu primeiro namorado. A Diva namorava o irmão dele e ao mesmo tempo o André, meu colega de faculdade, com quem acabou se casando. Além disso, ela tinha recebido a proposta de casamento do nosso primo Sandro. Por que será que precisava de mais um pretendente? Sávio continuou o relato:

Agora, um pouco da nossa turma. Lambreta, na época, era o que o jovem mais queria. Meu pai tinha uma moto Royal Enfild maravilhosa com que passeava e competia como corredor. Para mim era a coisa mais abominável. A lambreta era a pedida da época. Ganhei uma. Assim, tínhamos à nossa disposição o veículo do momento. Caso não se lembre, saímos várias vezes, Ângela, você e eu grudados, percorrendo os arredores de Pira. As meninas que andavam na garupa de motos eram consideradas avançadas ou mais do que isso. Vocês duas nunca ligaram. Uma vez fomos os três fumar na Zootecnia em uma quadra abandonada. Fumamos um maço inteiro. Ficamos zoados. Outra vez fomos nadar no CZP e o Ari foi de bicicleta, puxado por nós por uma corda. Quando cheguei em casa, o prejuízo: a moto fundiu. Outra história: você namorou um rapaz apelidado de Trovão. De suas paqueras, foi o único de que não tive ciúme. Ele era muito feio.

Depois me chegou uma mensagem com o seguinte título no espaço para o assunto: *Cláudia fez footing.*

(Reparem a seguir que ele corrige o sentido com que homens e mulheres giravam em torno do coreto. E agora, como fica o significado desses sentidos, sugerido por alguém que se baseou na minha informação enganosa?)

Como sempre acontecia, um novo personagem vinha assanhar nossas vidinhas do interior em que a mesmice era a tônica. O aparecimento no meio do semestre de gente nova em nossa escola era fato raro. Mas aconteceu. Lembro-me bem quando o professor entrou na classe com uma menina diferente que foi logo apresentada. Vinha com a família de Piracicaba pela transferência de seu pai como gerente do Banco do Brasil. Não eram raras as transferências, mas a filha de um gerente do BB era. Seus membros, naquela época, eram para nós figuras quase que aristocráticas. Sendo assim, tínhamos uma princesa a bordo. Ela era bonitinha e não falava com os esses das nossas colegas cariocas, pelo contrário, seu porque tinha pelo menos quatro erres. Piracicabana da gema.

Hora do recreio. Nós quatro reunidos, Ângela, a mais atirada, viu a piracicabaninha deslocada e chamou-a para um papo com nosso grupo. Uma conversinha para descontração. Era sexta-feira, o dia mais alegre de todos. A menininha desfiou sua primeira pergunta: vocês são um grupo, já percebi. Eu também tinha um grupo em minha cidade e fazíamos o footing juntos. Parece que vocês fazem depois do cinema. Se for possível gostaria muito de ir junto, pois não conheço ninguém ainda.

Footing juntos, cruz-credo o que era aquilo? Um raio de ignorância ou mesmo de más intenções percorreu nossas cabeças. Ela fazia footing. O Ari tossiu, eu cocei a cabeça, Cloê abriu mais uma polegada de seus lindos olhos e Ângela, na defensiva, falou: nós não fazemos footing aqui em Pira, pelo menos até o momento, que eu saiba. Não perdi tempo. Saí mais do que depressa rumo à biblioteca. Pedi o dicionário e pensei: eles nunca colocam sacanagem no dicionário, mas vamos ver. Lá num cantinho de meu cérebro footing deveria ser uma coisa maravilhosa, uma ménage à trois, talvez em Piracicaba a fizessem numa versão ménage à cinqu ou six. Ledo engano: era um simples passear, esta coisa singela de andar e andar.

Voltei bem devagar, pensando no Ari, que me esperava ansioso para marcar um footing com a nova colega. Só ilusão.

Realmente existia o footing em nossa cidadezinha e era após o cinema. Coisa besta, mas interessante. O jardim era dividido em três partes. No centro, uma faixa circular de perímetro de mais ou menos cem metros por cinco de largura. As moças sempre em conjunto de três ou quatro, muitas vezes de braço dado, circulavam no sentido horário. Os rapazes, também em grupos de três ou quatro, circulavam no anti-horário. Dessa forma, de minutos em minutos passávamos em frente uns dos outros. Era um jeito de escolhermos um parceiro. Os namorados já firmados andavam na parte externa do jardim, despreocupados, e era mais escuro! No coreto a banda municipal tocava "bésame... bésame mucho... que tengo miedo a perderte, perderte después...". Gastávamos os sapatos no calçamento trepidante de nosso jardim. Às dez horas era uma debandada geral, como se uma corneta tivesse dado o toque de retirada. Era o costume. Última passagem, últimos olhares e um adeus até o próximo domingo.

Cláudia, talvez não se lembre das poucas vezes em que esteve naquela roda e, com certeza, uma ou duas pedrinhas gastas pelos seus sapatos ainda existem lembrando a década de sessenta.

Havia ainda um *post-scriptum*:

Eu me casei em 1971. Antes quis fazer uma viagem sabática. Peguei o carro e fui parar em Araxá. Fiquei hospedado naquele hotel das termas. Andei dois dias pela cidade à noite, pelos bares, procurando não sei o quê. Ah! Se tivesse encontrado.

Em abril daquele mesmo ano de 1971 eu também me casava, em São Paulo.

Mandei-lhe o capítulo deste livro que estava escrevendo e perguntei se ele concordaria em que eu publicasse nossa conversa. Ele me deu total liberdade e completou as lembranças:

Cloê

Que linda descrição de sua pequena passagem por Pira. Quando li, voltei gostosamente ao passado e, como também sou saudosista, fiquei sonhando com aqueles tempos.

Cica: nunca me conformei com a amizade que vocês mantinham com a Cica. Ela era, pelos padrões da época, avançadíssima e, como tal, falada e discutida nas rodas dos moleques. Mas no fundo, no fundo, todos queríamos sair com ela. Hoje seria a mais normal das meninas.

Vamos à sua performance como baliza do desfile do 11 de junho. Quem a escolheu para a função foi a Dona Lídia, professora de Educação Física. Com pelos na cara, tremendamente exigente, prepotente com suas alunas. Cloê não era muito boa em atividades físicas, ria muito nas aulas e levava algumas broncas da professora. Normalmente não seria uma das escolhidas para a função. Apesar de sua braveza, Dona Lídia sabia escolher. Entre outras, Cloê que era branquinha como o leite, com pernas lindas, foi uma ótima opção. Nesse dia 11 de junho, dia do aniversário de nossa escola, quando Cloê desfilou eu estava competindo na quadra do Instituto, só a vi no final do desfile: ela linda e eu muito suado.

Cloê não gostava de seus pés, achava que eram muito grandes, mas eu os apreciava. Descobri depois que eu era podólatra. Mas que eram bonitos, eram. As mãos de Cloê eram lindas. Dedos longos, privilegiados com uma bela anatomia de unhas. Sempre bem cuidadas.

Assim éramos nós nos anos sessenta, anos dourados de nossa juventude. Longe de terem sido perdidos estão escondidos nos desvãos de nossa mente. Obrigado, Cláudia, por provocar estes momentos de reflexão sobre o passado, quando éramos felizes e sabíamos que éramos felizes.

Um forte abraço.

"agora que de ti, por muito que me dês, já não podes dar a impressão que me deste, a primeira impressão que me fizestes/ louco, talvez, / tenho ciúme de quem não te conhece ainda e, cedo ou tarde, te verá, pálida e linda, pela primeira vez!"

G. de Almeida

Belo Horizonte e a tia torta

Meu pai foi convidado pela ONU para uma missão de paz na República do Congo, ex-Congo Belga, mas teria que ir sem os filhos. E éramos cinco! Os dois menores, Lia e Francisco, ficaram com a vovó Dora; Diva, com a tia Lurdes, irmã do meu pai; o Luiz e eu fomos para o internato, ele em Araxá, eu em Belo Horizonte, onde cursei o Científico.

Meu colégio era o Imaculada Conceição, de freiras da congregação Filhas de Jesus. Durante três anos eu ia nos fins de semana para a casa da tia Petra, que já estava separada do tio César, irmão da minha mãe. Lá encontrava meus primos Sandro, o do primeiro beijo, Fabrício, e também meu namorado Bruno.

A melhor hora no colégio era a noite. O longo dormitório ficava no segundo andar e, pelas janelas envidraçadas que alcançavam o teto, o movimento da copa das árvores projetava-se na parede oposta à minha cama e eu me sentia em uma floresta. Uma vez o Bruno me fez uma serenata, mas não pude vê-lo por causa do parapeito, mais alto que eu.

No segundo ano, a Diva, tendo dado muito trabalho — nas palavras da tia Lurdes —, também foi mandada para o mesmo internato. Mas ela quase nunca saía nos fins de semana por não tirar notas suficientes e pelo comportamento rebelde.

Eu era boa aluna, tanto nas matérias exatas em geral, quanto em português. Meu problema era a química. Em compensação, o professor era muito interessante, a começar pelo nome sugestivo de cientista — professor Lacombe. Parecia um dos três mosqueteiros, empertigado e com um bigode fino e pontudo, não muito alto, os olhos azuis, mas fleumático e irônico como um inglês. Numa prova, sentada bem na frente, caí no choro por não saber resolver algum problema e ele, impassível, andava à minha volta como se nada estivesse acontecendo. Minha esperança de amolecer seu coração acabou quando minhas lágrimas secaram.

Meu primeiro poema fiz para decorar a parte mais difícil da tabela periódica:

Mg
Carro
do Sr.
Barão
Raspou
no Cadillac
do Zangão

De manhã íamos com escovas de dente em punho para o longo lavatório, sob a vigilância da freira da noite.

— Pare com isso, menina, que coisa feia! (eu fazia barulho quando limpava a garganta).

O banho era tomado de camisola, para não olharmos nosso próprio corpo. O banheiro era comprido, as celas enfileiradas, com paredes na altura dos olhos para que as freiras pudessem nos vigiar, passando para lá e para cá.

Lembro do gosto do feijão, bem estranho. Existia a lenda de que as freiras colocavam remédio na comida para diminuir nosso apetite — mas o sexual.

Levantávamos cedo para a missa diária. Se tivesse me masturbado, não comungava e escrevia depois em código no meu diário: "Fui de novo para o canto do banco". Eu acabava ali para dar passagem às que comungavam. Meu diário era um caderno bonito, cheio de desenhos de casais se beijando.

— A mania desses desenhos! Parece que existe um problema com essa menina.

§

Em uma entrevista dada em 2005, ano em que foi diagnosticada com Alzheimer — ela morreria quatro anos depois —, tia Petra conta que começou a desconfiar de alguma coisa quando os dois filhos e os amigos, nos anos 1960, ficavam muito alegres em frente à televisão vendo as notícias de algum assalto a banco que tinha dado certo. "Que coisa esquisita, gostar de assaltos", pensava.

No começo ela só lhes dava apoio, recebendo-os em casa para as reuniões, mas acabou sendo também membro de uma organização clandestina de guerrilha urbana de Belo Horizonte.

Era o início das ações do grupo, por volta de 1965. No final de 1968, Sandro foi o primeiro a ser preso e logo depois foram Fabrício, ela e os outros. Todos presos e torturados.

Em 1969, graças a três sequestros consecutivos feitos pelos colegas militantes em liberdade, houve a sua troca por embaixadores estrangeiros, e saíram banidos do país. Viveram no Chile até o golpe militar de lá, quando tiveram que se proteger nas embaixadas. Tia Petra foi para a Itália e os rapazes para Paris, onde Fabrício passou a trabalhar com artesanato e Sandro concluiu o curso de medicina em psiquiatria e trabalhou em um hospital experimental para doentes mentais. Estava feliz, esperando a Anistia para voltar para o Brasil e sempre convencendo o Fabrício a não fazê-lo antes, pois os que voltavam estavam sendo mortos. Os três se encontravam sempre e ia tudo bem, até a madrugada em que tia Petra atendeu à porta e soube da morte do Sandro. Depois da Anistia, ela e o Fabrício voltaram para o Brasil e passaram a morar no campo, perto de Cuiabá, fazendo com a Igreja um trabalho de conscientização de pequenos agricultores.

§

Até minha formatura no curso Científico, em 1964, eu passava meus fins de semana no mesmo pequeno prédio de três andares sem elevador onde mais tarde se iniciariam as reuniões políticas dos primos.

Era uma vida modesta. Pela primeira vez tia Petra precisou trabalhar, depois que tio César só aceitou o desquite com a exigência de que ela e os meninos não recebessem pensão. Começou vendendo livros, representou uma empresa de máquinas de lavar e finalmente foi secretária executiva. Hoje me impressiono com minha ignorância sobre sua condição financeira e minha falta de percepção de sua generosidade. Até a tia Zilá morou no apartamento, enquanto fazia um curso de biblioteconomia.

Tia Zilá, pessoa culta e possuidora de dons artísticos, talvez tenha sido uma das responsáveis pelo interesse do Sandro ainda adolescente por literatura e poesia. Muito cedo eu os ouvia comentando o livro Rubayat, mas só conseguia admirar as figuras.

Depois Sandro me apresentou Carlos Drummond de Andrade. O poema era "Morte do leiteiro": "Há pouco leite no país,/ é preciso entregá-lo cedo./ Há muita sede no país, é preciso entregá-lo cedo./ Há no país uma legenda,/ que ladrão se mata com tiro. [...]".

Antes mesmo de passar para a segunda estrofe, eu reclamei:

— Não entendi nada.

E ele me explicou o que eu nunca mais me esqueceria:

— Poesia é assim mesmo. Pra entender tem que ler até o final.

Já se passara muito tempo do dia em que ele tinha me ensinado a beijar, mas, embora eu ainda namorasse o mesmo rapaz, continuava a admirar mais o meu primo, para quem um dia mostrei meu diário. Ele escreveu em uma das páginas:

Como te amo, Fulana, és para mim o que jamais ninguém foi para ninguém: você mesma.

Compreendi a generalidade da afirmação, mesmo assim ela foi um incentivo para a minha autoestima. Mostrei o caderno ao meu namorado, não dando importância ao trecho que revelava minha dúvida sobre meu amor por ele. Foi o início do seu afastamento. Quando estávamos para nos formar na universidade, após longo namoro e frustrando a expectativa de todos de que nos casássemos, ele me deixou.

§

Depois que saí de Belo Horizonte, vi o Sandro poucas vezes. Não sabia que ele já tinha uma vida de militante e que as suas viagens frequentes eram de contato com as organizações clandestinas de outras cidades. Mesmo assim, deu tempo para assistir com ele a algumas peças de teatro, com o que completei minha iniciação nas artes literárias. Deu tempo também para que ele se apaixonasse por minha irmã Dina. Ela o rejeitou. Eu o via derretendo-se e não entendia por que justo por ela, que não tivera com ele a mesma iniciação afetiva e intelectual que eu (será que não?). E por que por ela um amor assim puro se um dia no apartamento de Belo Horizonte ele fora tão grosseiro comigo? Foi assim: voltávamos do cinema e, ao subirmos no ônibus ele esbarrou em mim. Através do vestido de seda, senti seu toque no meu corpo, e ele deve ter sentido também. Estávamos depois sozinhos no apartamento, sentados lado a lado no sofá, e ele passou sua mão pequena nas minhas coxas grossas. Eu não gostei. Em seguida, não lembro o porquê, eu já deitada na sua cama, mas vestida, ele tentava com força deitar sobre mim. Eu gritava e o chutava até que ele desistiu.

Admito que a Diva sempre foi mais interessante para os homens, os olhos violeta, o cabelo negro, o corpo bem-feito, perfeitamente simétrico. Ela nunca se abria comigo, talvez por um costume familiar. Meus pais não partilhavam conosco ideias, pensamentos, opiniões, ou os comentários mais corriqueiros. Isso deve ter vindo da formação militar do meu pai. À mesa, quando alguém se entusiasmava a falar, era logo interrompido com as palavras que ficaram para a história:

— Cala a boca e come, menino (ou menina).

Uma tentativa tímida de romper o distanciamento físico que existia na nossa pequena família aconteceu no dia em que chegou a notícia da morte do Sandro. Sentei ao lado da minha mãe na cama, onde ela chorava cobrindo os olhos, e peguei a sua mão. Ela a retirou com um gesto brusco, como se sua dor fosse maior que a minha e também não precisasse compartilhá-la.

Só um tempo depois, à mesa de um jantar quase formal na casa de amigos do meu então marido Afonso, entre convidados desconhecidos, consegui chorar pela primeira vez a morte do Sandro. Ao perguntarem alguma coisa sobre ele, surpreendentemente para mim e, suponho, para todos, larguei os talheres, abaixei a cabeça e deixei meu choro escorrer como um rio lento e mudo. Todos respeitaram meu silêncio.

Sandro era o filho brilhante. Fabrício ficava sempre em segundo plano, como ainda fica aqui, no meu relato. Que sua dor era grande, a ponto de quase justificar o suicídio, a própria mãe confirmou tristemente na tal entrevista. Disse se arrepender de nunca ter conseguido conversar com ele sobre isso, embora tenha pedido várias vezes a ajuda do Sandro. Fabrício era quieto e só se vestia de preto. Costumava espetar pontas de fósforos carbonizados nas costas da mão e reacendê-los até virarem brasa e queimá-lo. Ficava sentado no canto da sala calado, mas eu nunca consegui me aproximar dele.

Os dois primos morreram instantaneamente. Sandro, com o baque de um carro na traseira de sua moto parada em um entroncamento de estrada, em um país distante. Fabrício, com o baque de uma bala de revólver guardado sobre o guarda-roupa de uma casa humilde, em um lugar qualquer do interior do Brasil.

Minha tia morreu da doença do esquecimento.

Rio de Janeiro e a mudança

Sobre meu futuro profissional, meu pai me disse:

— Você é boa em desenho e matemática. Vai estudar arquitetura, carreira mais adequada à mulher do que a engenharia.

Ele acabara de voltar da África e de se reformar na FAB e, podendo agora escolher a cidade onde morar definitivamente, escolheu o Rio da sua mocidade e do tempo de jovem casado.

O ano da nossa mudança coincidiu com o do meu vestibular. Meu pai e eu mudamos antes do resto da família, para que eu, segundo ele, pudesse me concentrar durante os três meses anteriores à prova.

Desde o primeiro dia foi um desastre: enquanto ele esteve ausente, olhei aquela cozinha encardida, com uma barata percorrendo as paredes com direitos de inquilina mais antiga, e, em vez de estudar, passei a tarde esfregando a pia e os azulejos, sem muito resultado. Ele ficou uma fera quando voltou. Muitos anos depois é que fui compreender a ingenuidade em desejar substituir minha mãe, conseguindo apenas frustrar o primeiro lance do investimento de um pai no futuro da primeira filha.

Como eu não tinha estudado geometria descritiva no colégio e a matéria caía no vestibular, ele resolveu me arrumar um professor para reforçar o cursinho. Havia no apartamento do rapaz uma penumbra que, pensei, devia ser apreciada pelos cariocas para compensar o brilho ofuscante do mar. Eram dois irmãos, igualmente altos e belos, um moreno, o professor, e o outro, loiro, que de vez em quando eu via de relance andando pela casa. Mas com tantas retas e curvas atravessando minha épura, acabei não aprendendo nada e passei no vestibular graças ao "desenho do natural", cujo modelo era uma natureza-morta. Meu pai disse que soube que eu tinha passado quando viu meu sorriso de alegria pelo olho mágico da porta.

§

A família da minha amiga da faculdade, Beatriz, era muito estranha. O pai, advogado, com uma cara de cavalo, só tocava as maçanetas da própria casa usando um lenço e trabalhava no quarto, talvez na própria cama. Parecia um eterno doente, sempre pálido, saído de um tempo muito antigo, quando a tuberculose ainda não tinha cura. A mãe contrastava: baixinha, loira e esperta, trabalhava fora em corretagem de imóveis. O irmão tinha a cara que também lembrava um cavalo, porém mais humanizado. Era noivo. Acho que o pai era um intelectual, talvez não saísse da cama para ficar lendo Proust e talvez por isso tenha sido o primeiro adulto que ouvi elogiar as letras dos Beatles, impressas nas capas dos discos.

A família comia feijão-preto e a comida não era muito elaborada.

— Mamãe, eles não servem sobremesa!

Em uma mesa mineira nunca faltaria uma sobremesa.

Beatriz namorava um rapaz que abandonou os estudos de engenharia para tornar-se guerrilheiro urbano. Engravidou minha amiga pouco antes de ser preso. Ficaria na cadeia por nove anos.

— Foi só uma vez — ela me disse, como se para tentar compreender as razões do destino.

Beatriz esperou-o com a filha até a sua libertação.

Tivemos pouco contato depois que mudei para São Paulo. Ainda assim, pude conhecer alguns de seus companheiros, um deles por quem me apaixonei tão rapidamente quanto sua passagem pela cidade, em alguma missão secreta. Cabelo ralo e liso, cortado reto rente ao pescoço, usava sempre a mesma roupa meio cinza, cujo buraquinho nos fundilhos eu vi uma vez que se inclinou para pegar alguma coisa no chão. Pobres garotos. O Sandro contou que deixava o cabelo crescer — o dele era crespo — para servir de travesseiro nos ônibus onde sempre ia de uma cidade a outra, preparando a revolução.

Uma vez fui visitar a Beatriz no Rio. Encontrei-a em seu quarto em plena reunião de estudos de Marx; mesmo assim, pedi para tocar algo e coloquei o disco mais recente dos Beatles, *Sargent Pepper's Lonely Hearts Club Band*. Pude perceber no ar o estranhamento por meu gosto burguês. Aparentemente não, mas eu sentia, como a maioria da minha geração, a culpa por nossa origem que nos roubou o desfrute pleno das pequenas coisas.

Desde o dia em que Beatriz me pediu algo que implicava o envolvimento do meu pai na sua luta, e eu neguei, não nos vimos mais. Nos correspondíamos às vezes. Contou-me da morte do pai e do divórcio do irmão. Não lembro se chegou a trabalhar com arquitetura. Talvez tenha seguido a carreira menos nobre e mais bem remunerada da mãe. Naquela época, acho que quase todos os jovens arquitetos no Rio só tinham como trabalho reformas em *halls* de edifícios.

Muitos anos depois, por uma súbita saudade na sala de espera do dentista, em São Paulo, tentei falar com ela por telefone e ouvi:

— A senhora não soube? Ela ficou doente e faleceu no ano passado.

Sentada diante da janela grande e envidraçada, eu via do outro lado da rua os prédios antigos do centro silenciosos e tristes, embora fosse uma manhã ensolarada.

§

Ficamos no Rio só um ano. Meu pai tinha montado um escritório de corretagem de imóveis ou coisa parecida na região central da cidade. Ia para lá todas as manhãs e não recebia nenhum cliente. Fico imaginando-o ali, olhando para a parede cega e sombria do prédio vizinho, sem ao menos a companhia de um funcionário como o Bartleby. Pobre pai, por que não o visitei uma única vez?

Ele tinha perdido todo o dinheiro que ganhou na África em uma aplicação numa grande empresa que faliu.

São Paulo e os dois úteros

Não sei a razão exata da nossa mudança para São Paulo. Talvez o mercado de trabalho fosse melhor ali. Mesmo assim meu pai não conseguiu emprego. Ficava mal-humorado em casa e minha mãe um dia reclamou para seu primo Raul, então diretor de banco.

— Não aguento mais, homem em casa não dá certo.

— Posso conseguir um trabalho no banco, Célio, mas não garanto que o salário inicial seja muito bom — disse o Raul.

— Trabalho até de graça — respondeu meu pai.

Por ter tido também a experiência administrativa na Aeronáutica, conseguiu muito sucesso no banco e chegou a receber um bom salário e gratificações de fim de ano. Foi quando ele e minha mãe viajaram pelo mundo todo a passeio.

§

Tive que mudar de escola. Visitei as faculdades de arquitetura do Mackenzie e da USP. Esta ainda funcionava na charmosa casa *art nouveau* doada por uma família tradicional paulistana. Fiquei encantada.

— Só quero esta escola.

E meu pai se empenhou para satisfazer o desejo da primeira filha universitária. Os militares têm o direito de transferência dos filhos entre escolas públicas, e assim ele conseguiu a minha, da Ilha do Fundão para Higienópolis. Até hoje não estou certa se esse direito se estendia aos militares da reserva — a situação do meu pai. Em todo caso, ele conseguiu, mas eram tempos de ditadura militar e sofri, em consequência, um ano de *bullying* dos alunos politizados da FAU. Só pude suportar a solidão graças à solidariedade de um único colega de quem nunca me esqueci, apesar de não lembrar o seu nome — japonês, muito bom em fotografia e artes gráficas —, que me ajudou na finalização de um trabalho sobre Aldemir Martins. Este, por sua vez, me xavecou durante minha visita ao seu ateliê. "Esse povo de São Paulo não é nada amigável", pensei comigo e esqueci o assunto. Passado o *bullying*, consegui outros amigos e muitos fãs. Ser carioca em São Paulo ajuda bastante. Nem precisei inventar um apelido, pois logo fiquei conhecida como *a carioca*.

Certo dia aconteceu um alvoroço na escola. Três alunos tinham chegado de uma viagem de um ano à Suécia, com os cabelos compridos, óculos à John Lennon e roupa extravagante. "Como são internacionais, essas paulistas!" Um deles, o André, viria a ser meu cunhado, casando-se com a Diva. Os outros eram irmãos. No segundo ano, me apaixonei pelo mais novo, que era noivo, uma situação incomum entre os alunos. No dia em que resolveu me pedir em namoro, deixou claro que não abandonaria a noiva.

— Preciso casar com ela, coitadinha.

Como não aceitei, ele reagiu:

— Você é bonita, pena esse sotaque caipira. A essa altura eu já tinha perdido o sotaque pirassununguense e voltado ao mineiro.

Casou mesmo com a moça. O que me emocionava nele era a voz grave, contrastada com os traços delicados, a pele clara e o cabelo muito preto e liso, de cair na testa. Não me importei muito com a impossibilidade de ele deixar a noiva coitadinha, porque estava apaixonada também pelo professor Sérgio Ferro. Ele lecionava com outro jovem arquiteto, o Rodrigo Lefèvre, e com Flávio Mota, coordenador da minha disciplina predileta: história e estética da arte.

A sala de aula ficava um pouco abaixo do piso do corredor de acesso. Um dia, saindo da aula, tropecei nos degraus e caí literalmente de quatro bem em frente ao Sérgio. Foi a maldita timidez. Nunca falei com ele e nem assisti às suas palestras no Brasil — que ele costumava fazer sempre que voltava ao país, depois de ter se mudado para a França —, porque me senti duplamente traída: por ele casar e por abandonar a arquitetura pela pintura. Sérgio Ferro e Rodrigo Lefèvre tinham se tornado dissidentes do Partido Comunista, o que significou romper na nossa escola com seu representante mais importante, o arquiteto Vilanova Artigas. Eles propunham, o que era muito bonito, uma arquitetura revolucionária em si: semiartesanal, numa antecipação dos mutirões, com um programa contestador do modo de vida burguês, a casa tornando-se uma única abóbada de tijolos sob a qual o espaço coletivo predominava sobre os individuais, os dormitórios concebidos como pequenas celas.

Um dia fomos visitar a casa da abóbada que eu amava e lá um colega tirou algumas fotos minhas que causaram quase a repetição da história da tia Zilá: foram parar em Brasília, pelo irmão do fotógrafo, nas mãos do Afonso, meu futuro marido. No alojamento onde os dois moravam, deu-se o diálogo inesperado:

— Olha que mulher linda.

— Ops, mas é a minha namorada.

§

Já na faculdade eu continuava a ir a Araxá nas férias. Vi pela primeira vez um rapaz de uma geração anterior à minha na calçada oposta, gesticulando e andando rápido, e alguém me falou da sua fama de boêmio e comunista, um perigo a se evitar. Era o Afonso, com quem eu casaria um ano depois. Foi minha primeira paixão verdadeira. Conseguia olhar nos seus olhos castanho-escuros durante muitos segundos sem piscar.

Com vinte e oito anos, Afonso ainda não conhecia o mar. Só possuía um agasalho fininho e tinha dificuldade em acordar de manhã. Os colegas do alojamento o arrancavam da cama e o deixavam no corredor sentado, encostado à parede, e quando voltavam no fim da manhã o encontravam no mesmo lugar. Estudava medicina, mas, diante de tal incompetência, um professor prognosticou:

Você nunca será médico.

Afonso se formou, ganhou o segundo lugar em um concurso público, mudou para São Paulo e conheceu o mar.

Vê-lo com aquela malha vermelha apertada como se herdada de outra pessoa havia me enternecido. Seria por meu instinto maternal? Por sua fama de rebelde? Ou pelo fato de ele ser de esquerda?

No meu casamento usei um vestido verde, os joelhos à mostra. Menos que emocionada, estava preocupada em como sairia nas fotografias, o cabelo curtinho coberto por uma linda mantilha verde e dourada, emprestada de minha tia Zilá.

§

Separamo-nos no décimo ano de casamento, seis meses depois do nascimento de nosso único filho. Uma das razões, hoje conjecturo, talvez tenha sido nada mais que o diálogo com uma colega de seu trabalho em visita de felicitação por minha maternidade. Entre uma conversa e outra, ela cometeu o grande erro ao dizer:

— Nenhum homem é fiel.

— O Afonso é — discordei.

Imediatamente o seu rosto ficou muito vermelho e ela virou a cara, como se não suportasse me olhar, traindo-se; ou por ter me traído com ele, ou por saber que ele me traíra com alguém. A herança ciumenta da minha avó Arminda se revelou e desde esse dia passei a curtir a ideia de separação.

Mas eu já vinha me sentindo triste. Afonso só chegava do sindicato muito tarde, onde trabalhava voluntariamente todas as noites, e eu, embora também trabalhasse o dia todo, me via sempre sozinha em casa. Algumas noites saía dirigindo por uma avenida longa, como se pudesse fugir da minha vida. Nos lugares aonde íamos juntos tinha inveja dos outros casais. Todos pareciam ser mais felizes que nós.

Eu estava vivendo, talvez por isso, uma paixão platônica por um estagiário do escritório, o Dudu, que não usava um agasalho mirrado, mas vinha trabalhar de bicicleta, tinha os olhos azuis e às vezes usava — acredite — uma camisa também azul rasgada de cima a baixo. Parecia tão frágil. Contei ao Afonso que tinha me apaixonado por outro. Ele não demonstrou sentimento algum, embora tenha passado a me fazer mais companhia. Mas não adiantava mais.

§

Deixei as flores intocadas no centro da mesa, no centro da sala, vendo-as murchar até secar, como um símbolo do fim do nosso casamento. O tempo da morte das flores foi o mesmo dos últimos dias, um drama passado no apartamento que eu escolhera com tanto gosto.

Ficava em Moema, em um edifício raro. Raro porque, embora objeto de uma tese acadêmica, logo depois foi construído. De autoria do arquiteto e professor Eduardo de Almeida, era admirado por alunos e colegas por alcançar qualidade de projeto e construção para um programa de baixo orçamento, usando materiais naturais e racionalizando as plantas. Doava, generosamente, parte do jardim para as calçadas e não tinha as terríveis grades dos bairros atuais de São Paulo.

O apartamento — pequeno, lindo e de segunda mão, mas daquele tipo que envelhece bem — era ideal para nós.

Morávamos em um que meu pai comprara como investimento em Higienópolis e também fora escolhido por mim, mas — vergonha para uma recém-formada em arquitetura — tinha as janelas voltadas para o sul e não recebia um pingo de sol no inverno. O ar que expirávamos dentro ficava visível no espaço como neblina na serra. Afonso queria continuar lá por puro comodismo: evitar o trabalho da mudança.

— Você pode decidir, mas eu não vou tomar parte nisso — ele disse.

Fiz sozinha a mudança para o bairro que acreditava ser melhor para ele mesmo — por estar muito mais perto do hospital para onde ele ia diariamente — com a força e a determinação que eu desconhecia em mim. "Esse marido é meio teimoso."

§

Antes de nos casarmos já sabíamos que eu era estéril, porque parei de menstruar aos dezoito anos. Supunha-se que existisse um problema na hipófise, glândula que fica no centro do cérebro e é responsável pelo funcionamento de todas as outras do corpo. O tumor, um prolactinoma, é chamado assim porque faz aumentar a produção da prolactina, hormônio responsável pelo leite nas mulheres em fase de amamentação e que, ao mesmo tempo, impede a ovulação. Sem a certeza da existência do tumor, porque a imagem do raio X não é suficientemente nítida, fiquei quinze anos assim.

O Afonso foi quem me salvou do pior, descobrindo a tempo, logo que a radiografia computadorizada entrou em uso corrente no Brasil, que eu tinha mesmo o tumor — felizmente benigno, mas que ainda poderia me deixar cega.

Não dividiu comigo a angústia e os riscos da minha doença, tomando para si toda a responsabilidade sobre a escolha do médico e da cirurgia. Quando eu soube do diagnóstico, acostumada a deixar tudo relacionado à saúde ser resolvido por ele, não me preocupei, até minha psicanalista me chamar a atenção para a necessidade do meu envolvimento em um problema que, antes de tudo, era meu.

— Mas como posso opinar sobre o que não entendo?

Confiar na minha intuição — era o que ela me pedia. Procurei dois médicos, um que Afonso preferia e o outro recomendado por uma pessoa da minha família, graças aos resultados surpreendentes que vinha alcançando com uma técnica cirúrgica nova. Não foi difícil decidir. O primeiro abriria minha testa bem no lugar onde antigamente se executava a lobotomia nos considerados loucos, enquanto o outro acessaria o centro da minha cabeça por dentro do nariz com um bisturi provido de uma câmera na ponta.

A reação do Afonso tanto quanto a minha foi incompreensível: estávamos deitados, eu contei minha decisão e ele virou de costas. Me aproximei do seu rosto, dobrando-me sobre seu ombro, e lhe disse que faria o que ele achasse melhor. Afinal, eu confiava nele.

Ele continuou mudo, como se concordasse comigo mas não pudesse admitir. Por que insistia em me operar no seu hospital? Por corporativismo? Hoje, com distanciamento, suponho que ele receava o insucesso daquela técnica muito recente.

Finalmente fui internada como caso de interesse científico no Hospital das Clínicas, onde trabalhava o médico escolhido por mim. Fiquei no andar dos transtornos mentais e glandulares. Havia uns malucos e outros meio deformados. Um homem-gigante, com o queixo e os pés exagerados, vestido com uma bata de pano cru, andando devagar, veio conversar comigo no corredor:

— Que que você tem? Eu dei pra crescer.

Acho que tenho tendência à morbidez, por gostar de ser cuidada em hospitais — ou talvez não, porque sinto o mesmo nos salões de beleza. É como se recebesse uma carícia. Na sala de cirurgia gosto da sensação de morte suave, quando tudo vai desaparecendo, e de acordar largada no corredor como se esquecida ou morta.

Depois da cirurgia fiquei uns dias no hospital, com uma espécie de chupeta enfiada em cada buraco do nariz, assustando as visitas, mas alegre. O melhor estava por vir. O resultado da operação foi extraordinário. Embora o tumor tivesse o tamanho de uma ameixa, isto é, fosse muito maior que a própria hipófise, foi retirado sem a afetar, tanto que não tive sequelas. Um caso em mil, disseram os médicos.

Seis meses depois fiquei grávida, graças mais uma vez ao senso de oportunidade do Afonso, que me convidou para uma trepada bem no dia da ovulação. Estávamos em família na piscina dos meus pais, ele me puxou para um quartinho atrás do varal. Estava um dia ensolarado e as crianças vieram brincar, batendo na nossa porta. Ouvíamos suas risadas e o sol entrava pelas frestas com a mesma alegria. Meu filho foi concebido assim, como em um ritual de comemoração da vida.

No dia do seu nascimento estávamos também na casa dos meus pais. Era domingo, depois de um almoço familiar, quando comecei a sentir as pernas bambas. O Afonso não acreditou que fosse a hora e me fez acompanhá-lo em uma visita médica domiciliar em um bairro distante e lá demorou para voltar ao carro, onde eu esperei pacientemente. Não sentia dores. Ele quase me levou para o hospital onde trabalhava, mas insisti em ir para onde o meu ginecologista me atenderia. A indicação expressa era cesariana, mas ele tinha concordado em não marcar a data porque eu queria pelo menos sentir as primeiras dores. Quando me examinou ficou muito irritado com a nossa demora. Eu estava em pleno trabalho de parto. E era difícil encontrar o anestesista num domingo.

Foram muitas as dificuldades para ter o meu filho. Uma delas, eu ter nascido com dois úteros — mais uma assimetria, além de uma perna mais curta que a outra, duas campainhas, aquele ossinho no final da coluna de nome esquisito duplicado e ainda três rins, descobertos depois de uma crise de dor muito forte resultante da chamada infecção urinária de lua de mel, que devo ter adquirido ainda noiva, depois que a tia Lurdes, em Araxá, nos encorajou a frequentar a salinha na sua casa que ela chamava de sala dos namorados. Se eu disse que casei virgem, não foi inteiramente verdade, mas que o Afonso foi o primeiro, foi.

Durante o parto, a alegria da manhã da concepção voltou a nos visitar: depois de aspirada a água de um dos úteros, aquele que o menino tinha escolhido para se aconchegar, o ar entrou, ele respirou e chorou antes do tradicional tapinha, ainda dentro da minha barriga. A enfermeira disse:

— Quem chora dentro da barriga da mãe será uma pessoa feliz.

Afonso conseguiu finalmente levar o filho para o seu hospital, por ele ter nascido com uma icterícia mais grave que a comum. E eu me vi sentada numa cama sozinha, parida e sem filho.

Durante a semana ia amamentá-lo e me entristecia vendo-o de bruços dentro da estufa, meio roxinho. Às vezes ele chorava quando tirado de lá, mas parava quando vinha para o meu colo.

Era necessário lavar as mãos antes de entrar na sala de isolamento, e comecei a odiar o Afonso exatamente no dia em que me obrigou a lavá-las duas vezes. Era como se ele me torturasse, como se quisesse me roubar o direito sobre o meu filho.

Eu queria chamá-lo de Pedro, mas prevaleceu a escolha do pai e ele se tornou Frederico. Mas quando Afonso quis me impedir de chamá-lo de Fred, talvez por achar o apelido americanizado, eu não cedi:

— Ninguém vai dizer como devo chamar o meu filho.

§

Seis meses depois, entrei em surto.

Será que casei com o médico, e não com o homem? É possível, porque agora me sentia muito poderosa, não precisava mais dele. Estava feliz e apaixonada. Mas feliz demais, loucamente feliz. E — infelicidade — Dudu, o estagiário, tinha medo de mim.

Entre os assédios que se seguiram, um era sair de noite com meu filhinho e ir para a casa de Dudu, onde ele morava com o irmão e um amigo. Todos me recebiam educadamente porque já sabiam que eu estava meio louca.

Uma noite, enquanto todos conversavam na cozinha, fui para o seu quarto e mexi em tudo, e tudo eu interpretava como sinal do seu amor. Os livros que ele lê são iguais aos meus! Ou são os meus? Montava mapas com suas coisas no chão, formando alegorias entendidas só por mim.

— Olha o que você fez, destruiu o meu quarto — ele disse.

Eu não tinha consciência das minhas invasões.

Uma vez entrei lá, tirei a minha roupa e a do meu bebê, coloquei-o sobre a outra cama e deitei na dele. Por solidariedade — interpretei — ele também ficou nu e deitou do meu lado. Eu tentava seduzi-lo.

— Sinta a minha pele. É macia como a seda do meu vestido.

Ele olhava para o teto e nada. Fui grosseira:

— Por que você não quer, se o seu pau está duro?

E me assustei vendo-o saltar da cama, ajoelhar-se com a cabeça entre as mãos e chorar. Acho que era porque sabia que eu não estava bem.

Não me deixou mais entrar no quarto. Uma noite, ele estando lá, fiquei muito tempo batendo na porta até que o amigo, com pena, abriu-a por fora para mim. Depois que me despi — era uma noite fria —, Dudu riu, me enrolou no cobertor, me carregou e me colocou no chão fora da casa, no pátio lateral. Achei aquilo muito romântico! Tudo eu entendia como sinal de amor.

Depois de tantas recusas aos meus apelos explícitos, ele concordou por telefone em me encontrar.

— Sua loucura me seduziu — disse.

Muito feliz, saí para comprar roupas novas. Uma blusinha de renda verde-clara e um brinco dourado com duas folhinhas furta-cor. Sapatos novos e uma nova calça jeans. Fui vê-lo no Bexiga, na mesma noite. Eu subia uma ladeira ao seu lado e lhe sorria, com minha roupa nova.

— Essa sua calça fica rangendo quando você anda — comentou sem me olhar.

O máximo que consegui ganhar foi um beijo de língua rápido dentro da minha orelha em plena caminhada, que coisa mais estranha. Ele só tivera uma namorada, uma colega de faculdade, e ela tinha acabado de abandoná-lo. Eu desconsiderava totalmente a sua tristeza e sua mirrada experiência sexual.

Na saída do bar, não encontrei meu carro. No outro dia, fiz BO e voltei ao local para efeito de seguro. E? Achei o carro. Tinha esquecido em que lugar o estacionara. Coisas do amor.

Na mesma tarde, Dudu ligou para a minha casa. "Que progresso", pensei. Ele disse apenas:

— Esqueça o que aconteceu ontem.

Concluí que ele era tão louco quanto eu.

Meu comportamento já vinha se alterando antes do surto. Um sinal foi o abandono da psicanálise com tais justificativas — não me lembro quais — que a médica não conseguiu evitar sua irritação e me disse que eu estava cuspindo no prato que comera.

Rompendo o protocolo, ela me procurou depois. Tínhamos uma relação afetiva, apesar de tudo. Alguém da família havia lhe pedido ajuda. Era assim: de repente, do nada, magicamente, aparecia uma pessoa me acompanhando, aconselhando, mas eu me sentia como naqueles lapsos anestésicos das cirurgias: fora do tempo real e solitariamente imersa em mim mesma.

Voltando às sessões, ela me prescreveu comprimidos que eu jogava um a um dentro da privada toda manhã, rindo sozinha. Como não apresentasse reação, o que seria impossível tomando o tal remédio, concluiu que eu mentia.

— Mas por que preciso de remédio?

— Porque existe o risco de você não voltar do surto.

§

A derradeira noite foi assim: se todos os meus vizinhos de edifício tivessem apagado as luzes, só o meu apartamento — no primeiro andar elevado sobre pilotis — estivesse com todas as lâmpadas acesas e o Dudu olhasse à distância para as janelas envidraçadas de piso a teto, ele me veria atuando no palco de três cenários enfileirados. Em uma extremidade a sala, a mesa e sobre ela o vaso de flores secas. À esquerda, um quarto com um berço e um bebê e no final outro quarto com malas e roupas espalhadas sobre a cama. Um homem parado em pé olha assustado para uma mulher que vai e volta correndo de ponta a ponta, mexendo nas malas como se quisesse enchê-las mas nunca conseguindo, porque põe e tira as roupas jogando-as para cima, gesticulando, dançando, rindo, parecendo feliz. De volta à sala, ela esfarinha nas mãos as flores secas e atira-as da janela, como cinzas de um morto.

Eu encenava, para um Dudu ausente, meu drama inventado: naquela noite abandonaria para sempre meu marido, levando meu filho. No final da peça, caí exausta e pedi ao Afonso que me internasse. Ele me ajudou a arrumar a mala e de manhã saímos. Não prestei atenção no caminho e quando chegamos era a casa de meus pais.

Eu não sabia, mas Afonso estivera com eles várias vezes tentando convencê-los de que eu estava em surto, que meu comportamento não era normal e que jamais fora infiel a mim como eu lhes contara. Mas meus pais preferiram apoiar o meu desejo de separação.

São Paulo e a separação

Acho que Afonso até então não tinha saído de casa para não caracterizar abandono de lar. Mas no dia seguinte saiu para que à tarde eu fosse lá com minha mãe dividir as nossas coisas. Dias depois, nossa empregada me disse que o viu muito, muito triste, enquanto olhava as fotos que lhe deixara, em que só ele aparecia.

No cartório, o juiz fez a pergunta de praxe:

— Os senhores têm certeza de que desejam se separar?

O Afonso disse não, de brincadeira. Eu amarrei a cara e afirmei com todas as letras:

— SIM.

Durante uns cinco anos fiquei criando versões para explicar aquela certeza. Não muito tempo antes dos movimentos da separação, eu chegara a pensar que o amava tanto a ponto de duvidar que aquilo fosse um sentimento normal.

§

Aluguei um apartamento perto do que estava em construção, onde eu moraria depois. Coloquei o Fred na creche, a babá continuou me ajudando e voltei a trabalhar normalmente e a viver sozinha pela primeira vez.

O Dudu fugiu. Foi para o Nordeste sem dizer para qual cidade. Comecei a lhe escrever cartas diárias que enviava à sua casa em São Paulo. Formaram uma pilha que ele leu quando chegou e releu anos depois, quando tudo já havia passado e nos tornamos amigos. Chegou a comentar uma dedicatória em um livro que eu lhe mandara: "Se já leu, leia de novo. Se não leu, queime". E riu.

Na volta da viagem ao Nordeste, visitou-me no meu apartamento alugado. Minha esperança morreu quando, na saída, ele jogou a bomba no elevador:

— Tenho uma namorada.

— Por que não me contou antes?

Ele tinha conhecido, ou reencontrado na viagem, a moça bem mais jovem que eu com quem logo se casaria.

Chamei meu ex-marido.

— Já que tudo é uma porcaria mesmo, vamos voltar.

— Assim não, eu acredito em um casamento com amor.

Ele se casou pouco tempo depois.

Nunca me arrependi.

§

Finalmente mudei com o Fred para o apartamento da Vila Madalena, onde moramos por vinte e cinco anos. Com um ano ele foi para o jardim. O sobrado simpático tinha uma área descoberta com brinquedos e um poço de areia. No pavimento superior enfileiravam-se os cadeirões para a hora da comida e o Fred subia a escada engatinhando, com o traseiro ainda estufado pela fralda.

A escola seguinte ficava em um terreno maior, com jabuticabeiras e terra, onde ele caçava bichinhos. Como era meio lento para arrumar a mochila no fim das aulas, as professoras permaneciam na sala conversando e acabavam tornando-se amigas dele.

Aconteceria uma festa à fantasia. O tema, as personagens de Monteiro Lobato. Fred só me avisou de manhã, pouco antes de sairmos. O que consegui foi fantasiá-lo do próprio autor. Dois chumaços de algodão tingidos de preto com pó de lápis formavam as sobrancelhas emendadas. Uma gravata pequena que eu tinha, por estar na moda na década dos anos 1980, completava com elegante minimalismo a fantasia, que fez grande sucesso.

Na mesma época, ele com não mais que seis anos destacou-se entre outras crianças em um palco do Parque do Povo dançando sensualmente uma música do Michael Jackson, com sua jaquetinha de couro preto e seu movimento pélvico, chamando a atenção até das velhinhas. Que surpresa, nem sei onde ele aprendeu aquilo.

Curtíamos juntos as músicas dos Beatles, e "Yellow Submarine" virou o nosso hino. Por um feliz acaso encontrei no jornal uma entrevista com a Teca, professora de música, explicando seu método de ensino para crianças em que elas experimentam todos os instrumentos antes de se decidir por um. Teca me contou que um dia ouviu um som interessante de piano vindo do andar de baixo e quando desceu, lá estava o Fred improvisando sozinho. Ele cursou a escola por dois anos; não quis continuar, mas retomou a música mais tarde.

As pichações estavam começando a aparecer com sua aura transgressora. Compramos os sprays e os levei bem cedo — Fred e seu melhor amigo, Akira — pichar o muro em frente ao Fórum da Vila Madalena. Fiquei no carro observando o entorno. Não me lembro dos dizeres, só da adrenalina e da corrida depois de terminado o serviço.

Fred teve outro amigo, o filho do zelador, com quem fugia para jogar bola no colégio público do bairro. O menino era meio endiabrado. Basta dizer que costumava jogar ovo da nossa janela no décimo segundo andar e eu é que recebia as reclamações. Um dia, Fred lhe emprestou a espingarda de chumbo e ele acertou um menino do prédio vizinho, sem machucá-lo seriamente. Quando vi, estava armada a confusão. Meu filho viveu o episódio como um atentado real, um crime pelo qual seria punido: desapareceu, fugindo de uma polícia imaginária. Fui encontrá-lo escondido na escada de incêndio, encolhido e amedrontado. Me surpreendeu — mais que a sua indistinção entre realidade e brincadeira, e a desproporcionalidade do medo — ele não ter procurado minha proteção.

Houve uma época em que brigamos muito, cheguei a lhe bater e ele a revidar. Nem lembro das razões. Em uma de nossas brigas mais feias ele despejou na banheira, chorando, o vidro de perfume que tinha me dado de presente de aniversário. Em outra, chegou a sentar no parapeito da varanda e ameaçou se jogar. Depois desse episódio eu sempre revivia o pavor, até que ele me disse:

— Que bobagem, mãe. Você acreditou que eu fosse mesmo pular?

Apesar das brigas, éramos companheiros e eu recebia bem os seus colegas. Eles passavam noites lá em casa em colchões no chão da sala e era uma linda imagem de manhã: eles e o Nick, nosso cachorro bassê, dormindo enrolados em cobertores coloridos sob as listas de sol das persianas.

Comprei de uma amiga um Monza vermelho bem rodado e nem me preocupei em fazer a revisão. Resolvi estreá-lo levando o Fred e os amigos para uns dias na casa de meus pais em Ubatuba. Era a época da maior inflação no país, quando todos comprávamos freezers para estocar comida. Talvez por esse costume eu levava, além de um bando de meninos e o cachorro, muitos quilos de congelados no porta-malas. No caminho, em uma subida, o motor do Monza resolveu fundir. Entre os garotos havia um de família rica, parecido com os que a gente vê em filmes passados em Nova York, que vivem em hotéis luxuosos sozinhos porque os pais, muito importantes, estão sempre ausentes. Com seu jeito aristocrático, o cabelo loiro cortado com corte chanel, a franja longa caída de lado, alto e empertigado, olhou para o óleo escorrendo no asfalto e comentou:

— Esse carro tá mais fudido que a buceta da minha mãe.

Tivemos que largar o Monza na estrada e continuamos a viagem de táxi, levando o Nick e os congelados.

§

Antes de lecionar na USP, trabalhei em duas escolas particulares. No Carnaval de 1991, uma delas foi convidada a participar com seus professores como juízes dos blocos de samba de São Paulo, no desfile decisivo para a classificação. Eu estava entre eles e era responsável pela nota do quesito fantasia.

Fred me falou, quando eu estava para sair de casa:

— Mãe, dá uma boa nota para o Corinthians, hein?

Tínhamos que ficar isolados até de manhã em camarotes feitos com tapumes e recebíamos, no meio da noite, só um magro sanduíche. Eu ouvia um zum-zum-zum estranho dando-me a impressão da existência de um acordo para a vitória do Corinthians. Aquilo me causou certa antipatia. E eu notava que suas fantasias estavam meio precárias, os adereços das cabeças escorregando. Não tinha lido as recomendações sobre critérios de notas e não sabia que elas deviam girar em torno de nove, as diferenças apenas nos décimos, e achei sete uma nota justa.

De manhã, meu filho e os amigos, todos corintianos fanáticos, assistiam à contagem de votos em nossa casa pela televisão. O diretor do seu time comentava que o título estava praticamente ganho, a menos que acontecesse um desastre. O desastre era eu. Quando a nota foi revelada, ele foi contido para não ser visto completando a frase:

— Essa jurada filha da p...

Felizmente para a minha integridade física, o Corinthians ganhou. Mesmo assim tive medo de ir à sua sede administrativa no Tatuapé receber o cachê, e o Fred me acusou de fazer aquilo de propósito, só para contrariá-lo. Desde então, deixei de ser corintiana.

§

Tivemos um cachorro. Fred queria muito, e um dia vi um bassê entrando no elevador. Adorei o seu jeito engraçado, elétrico, o corpo desproporcional, assimétrico porque totalmente fora do padrão, e concordei. Fred, com apenas sete anos, tomou todas as providências: procurou um anúncio no jornal, telefonou para a dona que estava vendendo o cãozinho e o encomendou. Fomos até o Ipiranga e encontramos a ninhada. Ficamos com o que a senhora havia reservado para ele, por ter uma marca especial na testa, que na verdade, descobrimos depois, era sarna. Trouxemos o bichinho no banco de trás, aflitos como mãe que não consegue dormir na primeira noite do bebê com medo de que ele pare de respirar. No primeiro passeio, o Nick (nome surpreendentemente escolhido pelo Fred entre opções dadas por meu namorado da época, que ele achava idiota) empacava no caminho, e eu o forçava a andar, puxando a coleira. Na volta, notei que ficou com as patinhas muito feridas. Desesperada, pensei que ele fosse morrer, e meu filho, como em muitas outras ocasiões na nossa vida, foi mais objetivo que eu e me acalmou.

O Nick foi muito importante para nós. No dia da sua chegada, o Fred disse:

— Mãe, agora nós somos uma família.

§

Ao me divorciar, pensei que uma criança de apenas seis meses não fosse capaz de perceber a separação dos pais. Engano. Desde pequeno Fred parecia sentir-se responsável pela nossa. O que agravou a situação foi que o Afonso, por muito tempo, não me perdoou. Nunca nos encontrávamos.

Era ele que sempre levava o Fred para a natação, e um dia em que não pôde, eu fui. A professora aproveitou para comentar o que achava absurdo: o pai falava com aquela criança como se a mãe estivesse morta.

Foi preciso que se passassem catorze anos para que Afonso se reaproximasse de mim. Foi assim:

Fred e Akira me aparecem na sala rindo muito, se empurrando, visivelmente chapados. Eu vinha acompanhando a paixão de toda aquela garotada por Bob Marley, a marijuana e o reggae — não necessariamente nessa ordem, mas sempre ligados — e via neles com surpresa a idealização da vida de paz e amor que eu supunha ter ficado lá atrás, na juventude de seus pais. Achei engraçado, os dois estavam mesmo muito engraçados equilibrando-se naqueles corpos magros de adolescentes. Fiquei enternecida e resolvi não reprimir sua experiência. Mas depois de um tempo comecei a me perguntar se aquilo passaria naturalmente como eu imaginara e resolvi repartir a responsabilidade com o Afonso. Quando lhe contei, ele se desesperou. Muito antes de o Fred saber o que era droga, o pai o advertia sobre os seus perigos, de como precisamos nos manter longe dela etc. Resolvemos conversar com uma psicóloga especializada em família. A primeira e única seção, com a senhora que indiquei, foi um desastre. O ódio do Afonso por mim ficou evidente e em dado momento da entrevista desabafei, quase chorando:

— Não tem jeito, ele nunca vai me perdoar.

Na saída, a psicóloga me abraçou e falou baixinho:

Não perca a esperança.

Depois, por vontade do Afonso, chegamos a frequentar separadamente uma organização chamada Amor Exigente, de apoio aos pais de drogados. O meu grupo se reunia em uma igreja. O objetivo era preservar a saúde mental dos pais já ameaçada pela experiência prolongada e desgastante na convivência com os filhos. Eu logo quis desistir, por perceber que os problemas tratados ali eram muitíssimo mais graves que o nosso. Foi quando senti, depois de tantos anos, a esperança de reconciliação com o Afonso, por ouvir dele a palavra nós. Ele disse, emocionado:

— Se não fizermos nada agora, nós vamos perder o Frederico.

Fomos a outra psicóloga — logicamente, escolhida por ele. Fred foi sozinho, antes. Passadas duas seções se recusou a voltar. Quando chegou a minha vez, regalando-se com o próprio diagnóstico apressado, aquela mulher teve a petulância de me dizer, sorrindo:

— Por trás de um jovem problemático sempre há uma mãe insegura.

Apesar de ser uma chata, ela me convenceu de que é preciso muito cuidado, porque, no caso de separação, os pais costumam jogar a raiva que têm um do outro sobre o filho.

Afonso e eu lhe contávamos os avanços do Fred. A última seção aconteceu quando falei sobre uma recaída dele, e ela passou a me repreender por meu comportamento, que considerava permissivo.

— Ninguém vai me dizer como criar o meu filho — respondi, me levantei e não voltei mais.

Pouco depois, Fred parou de fumar e ficamos orgulhosos por nosso esforço, até que ele revelou, displicentemente:

— Não parei porque vocês pediram, parei porque eu quis.

§

Depois do divórcio, tive alguns namorados e, na gíria de hoje, muitos ficantes. Continuei atraída pelos homens mais jovens, um pouco por curiosidade sobre sua vida íntima: o menino do interior que veio estudar em São Paulo em sua quitinete bagunçada da praça 14 Bis; o outro que usava botas pesadas e ao descalçá-las fez um som que me transportou para uma fazenda imaginária. Outro que conheci na pensão do amigo desenhista. O engenheiro do escritório, meio bobo mas bonitão, que me cumprimentou respeitosa e elegantemente com a inclinação do corpo no dia seguinte ao nosso encontro. Tínhamos ido a um motel chique, com piscina, escolhido por ele talvez em consideração à chefe. O segundo encontro foi na casa onde morava com a mãe. Cobriu a cama com uma toalha antes de transarmos, para ela não desconfiar. Aqueles rapazes e eu mesma éramos personagens. Um resquício da loucura.

O Marquinho, um pouco mais velho, vinte e cinco anos, arquiteto recém-formado, me conquistou pelo talento desproporcional à idade. Lucinha, sua amiga, fazia estágio no meu escritório e comecei a frequentar a turma deles. Nossa primeira transa foi em um apartamento em que ela também estava com o namorado — por acaso meu ex-cunhado André, já separado da Diva, que por uma coincidência inversa era muito mais velho que ela. Foi quando me esqueci de evitar e engravidei. Três meses depois a Lucinha me acompanhou a um hospital discretamente especializado, acho que para não me deixar desistir de abortar. Não desisti e confesso que me arrependo quando penso nisso. Tenho pena da menina (sempre acho que era uma menina e que hoje seria uma linda moça de olhos verdes como os do pai).

Depois me apaixonei por um garoto de trinta anos, muito gato, parecido com o Harrison Ford. Era formado em psicologia e estava terminando o mestrado em cinema. Não tinha dinheiro e não trabalhava. Mais uma vez, fui movida pelo sentimento maternal e o levei para casa. Comprei-lhe um computador velho — eu ainda não tinha um. O dele tinha sido roubado com a dissertação quase pronta, que precisou ser reescrita. Era super-rápido no teclado e, como o Marquinho, muito talentoso. Mas no momento em que terminou o texto, não sei por que, resolveu me perguntar:

— Qual destas duas teclas eu devo apertar?

Eu apontei:

— Esta.

Ele apertou mesmo. E todo o trabalho foi deletado. "Esse também é louco."

Tentou recuperar o arquivo, mas não conseguiu. Escreveu tudo de novo e finalmente defendeu a dissertação e ganhou o título de mestre. Incentivei-o a prestar um concurso aberto naqueles dias em uma universidade federal do interior de São Paulo. Levei-o de carro para a inscrição e quase o forcei a se apresentar a um dos professores para demonstrar interesse. Ele foi aprovado, tornou-se professor e se mudou para lá.

Morou comigo durante dois anos. Sua ex-namorada, uma atriz também mais velha que ele, tinha a cara de pau de ligar para a minha casa e convidá-lo para encontros, e ele ia. Flertava com as garotas em todos os lugares, descaradamente. Ficava em casa vendo filmes enquanto eu trabalhava. O rompimento não poderia ter sido menos dramático e previsível, eu me recusando a lhe dar o dinheiro do cigarro e da passagem de volta para sua cidade, dizendo NÃO QUERO TE VER NUNCA MAIS.

Entretanto, alguma coisa boa restou. Quando o conheci já estava querendo viver com um homem com quem o Fred, com dez anos, pudesse competir pelo amor da mãe. Curiosamente, o homem se mostrou mais ciumento que o menino, implicando com minha maneira de mimá-lo. Fred gostava dele, embora tenha lhe inventado um apelido bem sarcástico, que só contou para mim.

§

Chegou a hora de me interessar pelos mais velhos. Em uma manhã de sábado, li na *Folha de S. Paulo* a análise de um poema feita por um professor da USP. Fiquei muito emocionada e, depois de tomar um pouco de coragem, lhe escrevi revelando minha admiração. Sem que eu esperasse, ele respondeu em uma carta de próprio punho, dizendo--se feliz por aquele retorno incomum. Fiquei esfuziante, porque àquela altura já sabia que ele estava solteiro. Pedi para assistir à sua disciplina e ele deixou. Acho que foi quando comecei de fato a me interessar por poesia. O curso foi muito bom e, quando terminado, ele me convidou para sair.

Mas não deu liga. A conversa no restaurante não fluiu, e, quando chegamos na minha casa, ele pediu para me beijar. Embora achasse estranho esse tipo de pedido naquela situação, deixei. E, como de costume, me precipitei, convidando-o a subir. De manhã, quando o vi no corredor, de cueca e camisa, as pernas branquelas, andando na ponta dos pés para evitar o frio e depois, sobre a poltrona da sala, um forro avulso de casaco de nylon bege, destes de se usar escondido sob o paletó, comecei a desanimar. Mas quem não quis continuar foi ele. E quando lhe telefonei para contar que tinha passado no concurso para docente no Departamento de Projeto da FAU, ele riu e, irônico, tirando-me definitivamente a esperança, me respondeu:

— É, você tem mesmo um projeto, não é?

§

No Longchamp da rua Augusta, aquele pequeno bar que não existe mais, com decoração de clube de jóquei — estribos, celas, fotografias e cabeças de cavalos nas paredes e um único balcão de couro em forma de L, onde os desconhecidos costumavam conversar entre si —, eu estava com uma amiga no final do L e na outra ponta havia um homem de uns quarenta anos que me chamou a atenção pela feiura estranhamente simpática. De repente o vi do meu lado me dizendo:

—Você estava me olhando ou é engano meu?

Seu nome — Lázaro — completava a figura incomum. Estava recém-separado e morava com amigos em uma casinha alugada no Sumaré. Ainda não tinha comprado a cama e era no colchão que transávamos, em um quarto pequeno e sem armário. Ele era muito branco e tinha a pele macia. Era jornalista na Assembleia e estava com algum problema com seu contrato de trabalho. Feio, com aquele nome antigo e desempregado, foi demais para mim e eu não quis continuar, embora ele gostasse de ler e tivesse senso de humor. Quase como desculpa, disse-lhe que ainda estava magoada por ter o professor de literatura que eu admirava me dado o fora, e ele respondeu:

— Se você quiser, posso lhe mostrar o meu texto.

Disse que estava para casar, mas ficara balançado por mim.

Alguns anos depois nos encontramos em um corredor do metrô e tivemos tempo para um rápido diálogo.

Ele:

— Minha vida mudou muito, casei e agora é só supermercado, contas, o dia a dia.

Eu:

— Pois eu concluí que, se não se consegue ser feliz com a vida cotidiana, não se consegue ser feliz (eu estava em uma fase de autossuficiência).

Ele, com cara de quem iria pensar no assunto:

— Ah, então é assim?

Eu:

— Isso mesmo.

Despedimo-nos e nunca mais o vi.

Comecei a duvidar do mito inventado por mim mesma, da correspondência amorosa: se você ama alguém, esse alguém inevitavelmente o amará. Baseava-me, talvez, na ideia de correspondência de Baudelaire sobre a existência de uma harmonia entre a natureza e toda construção humana.

§

Com quinze anos, Fred mostrou sua determinação nos assuntos do amor. Não sei se já namorava a menina da escola, sei que gostava dela. Ela foi passear no Rio, ele partiu atrás, mesmo sem conhecer a cidade e sem nunca ter viajado sozinho. Ficou em Ipanema num belo apartamento à beira-mar, de uma tia do Afonso. Guardo uma foto de meio-corpo, grande e colorida do casalzinho na praia, ambos de óculos escuros — onde ele arranjou? —, o Fred segurando-a firme, com o braço já ondeado de músculos, como que envolvendo a esposa. Não foi a única vez que correu atrás do amor. Quando Elena, sua futura mulher, fez a viagem iniciática da vida adulta pretensamente solitária, lá foi o Fred para a Nova Zelândia, e imagino que deve haver uma foto parecida, com um cenário de cabras pastando.

Dois anos depois da volta, eles se casaram. Fred tinha terminado economia na FEA, mas resolveram que continuaria investindo na música, que ele tinha retomado. Frequentava uma escola profissionalizante, e Elena, muito talentosa, fazia colagens em paredes a partir de desenhos em computador.

Moravam em um apartamento comprado por ela com a herança dos avós. Mas o casamento acabaria em três anos. Fred já tinha desistido da carreira musical e resolvido trabalhar em administração. Mais tarde, passado o luto da perda, ele me diria, bem-humorado, que a separação cra compreensível por Elena ter se casado com um músico alternativo e se visto de repente ao lado de um burguês convicto.

São Paulo e a arquitetura

Mais uma vez, meu pai estava comigo em um momento de mudança. Eu tinha acabado de ser aprovada no concurso para lecionar na FAU-USP, na mesma escola que me rejeitara quando cheguei do Rio, quinze anos antes. Estava tão feliz quanto no dia em que recebi o resultado do vestibular e ele viu meu sorriso pelo olho mágico da porta.

Estava nos levando em uma das muitas viagens em família que nos proporcionou — mamãe, filhos e cônjuges —, dessa vez a Buenos Aires. Era seu aniversário de setenta anos. Ficamos na Recoleta, e a comemoração aconteceu em um restaurante lindo: louça inglesa com desenhos de flores, arranjos de flores em vasos também floridos, copos brilhantes, comida dos deuses, um belo dia de sol, e repentinamente meu pai ficou triste. Nunca o tinha visto daquele jeito, e só voltaria a vê-lo assim treze anos depois, quando já estava muito doente e me disse:

— Pois é, depois que vamos embora, as pessoas acabam se esquecendo de nós.

§

Na última vez que vi meu pai, só vi a cabeça; o corpo estava coberto de flores. Foi também a última vez que toquei nele. Na sobrancelha. Não quis beijar-lhe a testa para não parecer representar aos olhos dos que nos circundavam. Gostei de sentir os pelos duros e densos resistirem ao toque dos meus dedos. Ele parecia vivo.

Alguns colegas do departamento vieram. O diretor, meu amigo dos tempos de estudante, os havia dispensado das aulas, o que me surpreendeu agradavelmente. Um deles estranhou que meus irmãos e eu estivéssemos alegres. Eu respondi, sem muita convicção, que ele estivera doente por muito tempo. Na verdade minhas lágrimas de dois anos haviam se esgotado e o dia estava claro e florido. Era setembro?

Não me lembro se ele chegou a assistir pela TV à tragédia do 11 de setembro do ano anterior ou se já estava incapaz de compreender o que acontecia em tempo real em frente à sua cama. Ele adoecera em Nova York, numa viagem de passeio, e na volta teve que ser ajudado a subir no avião, a máquina que ele dominara por tantos anos.

Amava voar. Não dizia pilotar e sim voar. Devia sentir-se parte do avião, um pássaro na ponta da cabine envidraçada, tendo à frente só a brancura do céu.

— Ah! estar ali, sozinho, que coisa formidável.

§

Quando me formei na FAU, em 1970, havia a possibilidade de estagiar, por influência do meu pai que trabalhava no banco, no departamento de engenharia da Duratex, então responsável pelos projetos de arquitetura de todo o grupo Itaú. Mas eu preferi tentar no escritório de um arquiteto famoso, e por isso liguei para o Paulo Mendes da Rocha:

— Me formei na FAU e estou procurando emprego.

Ele respondeu, bem-humorado:

— Aqui não tem emprego, tem trabalho. Mas passe por aqui, vamos conversar.

Por timidez e vergonha não fui e tive que aceitar a oferta do meu pai.

De estagiária passei a arquiteta, no tempo em que ainda só havia o chefe, João De Genaro, por coincidência antigo sócio do Paulo Mendes, e mais dois arquitetos experientes que ficavam fechados em uma sala envidraçada. Só eu jovem, e com o tempo foram chegando outros, até que em cinco anos a equipe era grande, de uns quinze arquitetos, mais alguns engenheiros, e não parou de aumentar até as décadas de 1990 e 2000, quando a Itauplan, o departamento de engenharia do banco, começou a reduzir drasticamente os funcionários, sob nova política.

O trabalho era feito a toque de caixa, a meta era um projeto por mês para cada arquiteto, mas a qualidade era também exigida e havia total liberdade de criação, talvez por influência indireta do próprio Paulo, na pessoa do João, que duas ou três vezes ouvi justificar sua opção de abandonar o escritório de autônomo por um emprego estável. Foi ele que impôs a contratação de grandes calculistas e era um luxo, para uma arquiteta recém-formada, ter seu projeto pensado em conjunto com, por exemplo, Siguer Mitsutani, o calculista preferido de Paulo Mendes da Rocha. Aprendi a ter o enfoque global do projeto participando da concepção de sua parte técnica.

Mesmo assim, enquanto estava lá eu não valorizava o trabalho, continuava a considerá-lo limitado por só projetar agências bancárias. Além disso, depois de seis anos, comecei a me sentir parte dos móveis, a rotina já me cansava, e a ideia de passar uma vida fechada naquelas salas sob ar condicionado e luz fluorescente me parecia enlouquecedora. Passei a estranhar até o salário depositado religiosamente na minha conta, sem que eu precisasse pegar no dinheiro.

Saí quando meu irmão Luiz, engenheiro calculista, me ofereceu sociedade no seu escritório. De lá também acabei saindo alguns anos depois, dessa vez para ficar mais tempo com meu filho. Na época eu também participava da construtora e recebi a parte que me cabia na forma de dois apartamentos que aluguei e acabei vendendo para me sustentar por um tempo.

Abri um escritório menor, mas tive que fechá-lo na crise do governo Collor. Foi quando tive a sorte de encontrar em uma festa um professor da FAU que me deu a dica do concurso que aconteceria dentro de poucos dias. Corri com o currículo e fiz boas fotos das minhas obras.

Eram quinze candidatos, sentados em carteiras pequenas e desconfortáveis, em uma sala grande. Havia arquitetos conhecidos e até um com pós-graduação em Harvard. Eu fiquei no fundo. Tinha comprado uma régua T, equipamento ultrapassado mas possível de se adaptar à mesinha, e a estranhei. Comprei esquadros novos, e os estranhei. Finalmente, levei um cinzeiro e fumei sem parar, enchendo-o até as bordas, mesmo já tendo abandonado o cigarro havia muito tempo, só para aumentar minha ansiedade.

O tema do projeto solicitado era um novo prédio para a biblioteca da Faculdade de Matemática, ao lado do edifício da FAU. Tínhamos meia hora para pesquisar em nossa biblioteca. No programa constava um espaço para obras microfilmadas, mas sem dimensionamento do espaço necessário. E havia a exigência de previsão de crescimento do acervo nos próximos anos. Eu não encontrei nada sobre microfilmagem, mas corri até o edifício anexo, no setor de fotografia, e obtive a informação meio óbvia de que o aumento de microfilmes não pressupõe um aumento significativo do espaço geral. Infelizmente não consegui terminar o projeto e os desenhos ficaram inacabados.

O edital pedia também a apresentação do currículo e de um projeto qualquer nosso que nos agradasse. Como eu não tinha projetos irrealizados e sim obras construídas já fartamente documentadas no currículo, decidi arriscar e apresentar a continuação daquele frustrado, do próprio concurso.

Passei um dia e uma noite elaborando a ideia e a forma. Trabalhei em estado mental alterado pela urgência e pela necessidade de conseguir uma opção para minha sobrevivência econômica. Os desenhos, feitos à mão e coloridos, ficaram muito expressivos.

Na época eu estava envolvida com fotografia e tinha a ideia de construir uma grande caixa fechada, com um único furinho em uma das faces: uma câmera fotográfica onde se pudesse penetrar e ver a imagem invertida do exterior na sua parede interna. É um fenômeno que me fascina por ser tão simples e mágico ao mesmo tempo. Quis homenagear a FAU — já reconhecida como patrimônio artístico — fazendo com que em frente a ela, na parede externa do teatro do edifício idealizado, se localizasse o pequeno furo por onde sua imagem se formaria e se projetaria na parede do fundo da grande sala escura. A imagem apareceria invertida, expressando certa transgressão ao cânone, que eu considerava saudável. Foi a grande sacada que impressionou a banca e garantiu minha contratação, junto com mais duas pessoas. Quis o destino que elas fossem o Dudu, minha antiga paixão, e sua primeira namorada, que o tinha abandonado naqueles dias remotos, deixando-o insensível ao meu amor.

Soube que Joaquim Guedes, o chefe da banca, tinha se identificado comigo e ficado muito impressionado. Não me esquecerei de que um dos outros dois da banca, mesmo sendo um colega antigo, passou a repetir como se brincando que eu tinha seduzido o Guedes na defesa do projeto. Hoje sei que meu currículo, meio rejeitado por mim mesma naquela época, foi valorizado no concurso por demonstrar uma experiência prática tida como necessária para o ensino do projeto. Os arquitetos do nosso departamento preferiam o regime de dedicação parcial por não abrirem mão de seus escritórios, por isso eram injustamente malvistos pelos colegas dos departamentos teóricos que se dedicavam integralmente à carreira acadêmica.

Embora a produção dos professores, arquitetos mais antigos, fosse de alto nível, o ritmo de seus escritórios seguia mais calmo que o meu, no Itaú e no escritório com meu irmão. Assim, o número de projetos que eu conseguira, ainda relativamente jovem, impressionava.

Os primeiros anos foram muito bons, mas aos poucos os antigos professores foram sendo substituídos por jovens arquitetos seguidores de Artigas, dispostos a fazer reviver a sua arquitetura. O Guedes era considerado por eles figura não grata, porque não seguia rigorosamente os ditames da denominada, desde a década de 1970, arquitetura paulista. Eu não gostava de me sentir parte de grupos, muito menos de seitas, e a fixação na ideia de institucionalizar uma identidade para um país ou estado me parecia anacrônica. E por dar aulas ao lado do Guedes, também fui, disfarçada e às vezes claramente, malvista pelos novos colegas. Estes — tenho que reconhecer — conseguiram atuar academicamente ao mesmo tempo que se dedicavam à carreira profissional, alguns chegando a alcançar prestígio fora do país, aproveitando o *boom* de concursos e publicações especializadas.

Eu me sentia, quase sempre, humilhada e culpada por achar que não desempenhava bem o ofício de professora e por não me dedicar à política interna da escola, por desinteresse e incompetência. Entretanto, sei que consegui despertar o gosto pela arquitetura em alguns alunos e me doutorar com um trabalho que me agradou. Com sessenta e oito anos de idade e vinte e cinco de carreira acadêmica, pedi a aposentadoria e escrevi aos colegas: "Amo vocês, os erros são todos meus".

Durante o tempo de professora não deixei de projetar, mas em ritmo mais lento. Tive alguns estagiários que alegraram os meus dias e me deixaram orgulhosa por terem se tornado profissionais de sucesso. E eles são gratos a mim.

Um dia voltei a me sentir parte do mobiliário em meu próprio escritório, e resolvi mais uma vez mudar de rumo. Ofereci minha biblioteca particular para a FAU, mas para fazer a doação eu precisaria catalogar todos os livros, então em apenas dois dias vendi tudo para um sebo por quase nada e coloquei nas mesmas estantes os livros de literatura. Assim fiz o luto da arquitetura. Nessa época eu já morava havia dez anos na casa que eu mesma projetei e construí.

São Paulo e a casa que construí para mim mesma

O sol incendeia pedras e flores
pássaros devassam muros sem sombras
ecos de fantasmas — a ruína sou eu

["Um autorretrato meu", in: *Planeta inventado*]

Quando tiramos o telhado, a casa parecia uma ruína. Não havia mais fora-dentro. As paredes se elevavam como as de um templo. O teto era o céu. Eu não queria mais cobri-la.

Uma semana antes tinha pedido a meu irmão Luiz que me orientasse sobre a construção. Início de obra. Ele me indicou a turminha de operários. O Bispo eu já conhecia de uma reforma do apartamento da minha mãe. Vieram ainda seu cunhado, Cícero; um sobrinho, Paulo; e o carpinteiro, seu Esmeraldo, que morava em Sorocaba. Primeira coisa: retirada do telhado e demolição das paredes internas.

Eu tinha procurado por toda São Paulo um terreno ou casa velha onde pudesse construir também meu escritório. Ter uma bela vista era uma prioridade para o meu filho, ainda solteiro: para um vale, uma serra ao fundo e o pôr do sol. Imprescindível um terraço na cobertura, gosto que notei na sua geração.

Os terrenos já eram escassos e os preços altos. Quando encontrava um, algum requisito faltava. No Morro do Querosene, perto da USP, achei uma pirambeira, quase me decidi, até começar a imaginar o movimento de terra, a construção de muros de arrimo, o aluguel das máquinas, quem era eu para coordenar aquilo tudo.

Vivia minha fase escultora, fazendo um curso livre de artes plásticas. Minhas professoras disseram que muitos artistas estavam se instalando na Barra Funda, e lá fui eu procurar um espaço amplo, onde pudesse criar minhas obras, que imaginava gigantescas. Já tinha duas. Uma delas era uma performance: um carro com os pneus cobertos de tinta produzia um rastro sobre um tecido esticado no chão. Seria a representação do conflito entre os espaços público e privado.

A ideia evoluiu e o tecido passou a ser um edredom branquíssimo. Marcá-lo com a tinta negra dos pneus me parecia uma imagem contundente. A necessidade de um lugar se agravou quando fiz a experiência na garagem do meu prédio e a proprietária do pedaço do chão ao lado da minha vaga se sentiu invadida.

A outra obra era uma escultura: uma cama — só um estrado de madeira crua — cujas ripas tinham cravadas bem próximas e em espaçamento regular aquelas pequenas lanças das grades de ferro que proliferam no recuo das casas geminadas dos bairros populares da cidade, onde a ideia de proteção do carro parece prevalecer sobre a dos moradores.

As reações nunca eram neutras diante da peça. Ela chocava pela gritante impossibilidade de fruição do que talvez seja nosso maior objeto arquetípico de privacidade e descanso. Só uma vez a imagem suscitada não correspondeu à minha expectativa: a de uma cama de faquir, interpretação evidentemente muito menos poética.

Finalmente encontrei minha futura casa em uma rua calma da Barra Funda, parecendo conservar o clima da várzea primitiva do Tietê e lembrando o trem de carga da Sorocabana, seus armazéns e o extinto Largo da Banana, onde os carregadores — escravos libertos e migrantes nordestinos — começaram o samba paulistano.

Embora com a mesma escala modesta das vizinhas, a casa se diferenciava pela decadência. Tinha uma faixa de pano desengonçada e descorada pendendo na frente, com um VENDE-SE pintado. Fui me aventurando pelo portãozinho de ferro vazado do único recuo lateral — a casa era geminada na divisa com o outro lote —, que parecia uma ruela da Idade Média. Eram duas construções coladas — um galpão e uma casa —, enfileiradas em direção ao fundo, que se abria em um pátio. Tudo velho, muito velho, paredes descascadas, mato nos cantos dos muros.

Consegui entrar na pequena casa do fundo pela porta semiaberta. Vazia, com alguns resquícios de vida — um prato, um pequenino espelho pendurado, uma chave na porta velha do banheiro, que ficava dentro da cozinha. Eram quatro cômodos, fora o banheiro, de quatro por quatro metros e pé-direito também de quatro metros. Tinha um porão de um metro de altura e um assoalho de tábuas largas que me lembravam as casas de fazenda mineiras. Janelas e portas estreitas e altas conservavam a elegância mesmo envoltas por batentes de madeira apodrecida.

O chão estava cheio de poeira, trapos e pedacinhos de coisas irreconhecíveis, provocando-me um nojo insuficiente para desfazer o deslumbramento. Mistura de nojo e deslumbramento. Será alguma coisa doentia como gostar de me internar em hospitais?

Na edificação da frente só consegui entrar no dia seguinte, uma segunda-feira, com o corretor. Era um galpão de tamanho médio, uma oficina de carros, o dono um mecânico conhecido há muito no bairro tradicionalmente especializado nesse serviço. O pé-direito também era alto, mas diferentemente da casa, não tinha forro; a estrutura de madeira ficava visível sob o telhado de telhas francesas. Cheiro de metal, paredes com barra pintada a óleo, piso trincado, um mezanino de madeira no fundo suportando uma banheira antropomórfica e outras quinquilharias esquecidas. A tralha cobria um WC com privada de caixa-d'água acionada por corrente e pôster de mulher pelada, um cubículo tão pequeno que o cabide de roupas ficou de fora. Acima dele, um pôster igual compunha com um par de tênis de homem cuidadosamente deixado embaixo. Pregadas nas paredes, peças pequenas de ferro escurecidas parecendo ferramentas em desuso e, em um canto privilegiado, a pequena imagem de Nossa Senhora Aparecida que mantive durante a obra até que desapareceu com as lembranças da oficina e do mecânico, que estava prestes a mudar de vida e da cidade e assim o fez.

Eu tinha aproveitado a ausência do Fred, em viagem de estudo na Inglaterra, para mudar radicalmente todos os antigos requisitos. Não era uma casa de morro, era de várzea. Não tinha vista para baixo; em compensação, tinha para o céu, um lindo céu azul recortado pelos muros altos. Introspectiva. Completa. O espaço externo roubado da cidade e da natureza.

O projeto foi outro parto complicado, porque, além da dificuldade em decidir o programa, havia a mais séria de decidir a forma. O programa, por eu não saber se haveria — na edícula que eu pensava em construir — um estúdio de música ou um espaço habitável independente para o meu filho. Acabei me decidindo pela última opção, mas o Fred casou quando a casa ficou pronta e nunca chegou a morar nela.

Fiquei cinco anos pensando no projeto. Fiz várias opções e para cada uma encomendava os projetos complementares e orçamentos de empreiteiras para avaliar os custos. Cheguei a contratar uma construtora. Desfazia e recomeçava.

O escritório da obra era também meu escritório de projeto, no galpão. Demolimos com antecedência a fachada precária substituindo os dois vãos por um pórtico único, para possibilitar a entrada de dois carros. Um erro, porque o tapume de madeira foi apodrecendo e ficando cada vez mais vulnerável. Eu tinha guardado umas coisas no porão, entre elas minha dissertação de mestrado, cadeiras para o escritório, a mapoteca, meu diploma e minhas duas obras de arte. Um dia dona Sininha, que morava perto, me ligou dizendo que encostaram uma caminhonete em frente da casa e estavam levando tudo. Não cheguei a tempo de impedir. Desisti de ser escultora e até fiquei feliz em pensar que minhas obras teriam finalmente uma utilidade. Devem ter voltado a ser lanças para grades, cama e cobertor.

§

Quando era recém-formada, eu sofria de insegurança. Depois que me passaram o primeiro projeto, no fim do estágio, quando eu ainda só desenvolvia os dos arquitetos mais antigos, muitas vezes me trancava no banheiro para fugir da ansiedade. Não chorava, mas ficava ali sofrendo por um tempo. Depois fui entendendo que a demora em projetar era um gosto meu, quase uma obsessão, de experimentar infinitas formas para o mesmo programa e lugar.

No caso do projeto da minha própria casa, que chegou ao extremo de durar cinco anos, eu tentava resolver o terrível problema de que algumas coisas nela, do jeito que ela já era, me afligiam pela inadequação à vida atual, e me instigavam ao mesmo tempo.

Ela tinha cem anos e fora construída pela primeira leva de imigrantes italianos, pessoas simples que nem pedreiros eram e repetiam de maneira meio tosca o estilo clássico já fora de moda em seu país. As paredes eram autoportantes, de tijolos de barro grandes, rejuntados também com barro, e tinham os lindos arcos abatidos nos vãos de portas e janelas. Como as outras casas da Barra Funda, diferentemente das construções modernas, não tinha recuo na frente, o que provocava uma passagem abrupta do exterior ao interior, suscitando a mesma ideia da relação conflitante entre o público e o privado dos meus trabalhos de arte. Curiosamente, alguns moradores do bairro guardam o costume de levar as cadeiras para se reunir nas calçadas em frente às casas, em uma relação de proximidade amigável entre as duas escalas. Eu queria reforçar o isolamento existente entre elas na nossa cidade atual, com seus condomínios fechados: através da fina parede de aço de um grande portão que fechasse toda a frente, por onde os carros entrariam, sob o mesmo telhado da casa e sem separação com paredes, como que invadindo o espaço doméstico.

Meu desejo era que as coisas se misturassem — a casa, a cidade, o escritório, a garagem, o antigo e o novo. Mas ao mesmo tempo, por um vício de formação, me parecia inadmissível deixar coladas as duas edificações, o galpão e a casa, de estruturas formais tão diferentes. Fiz inúmeras tentativas para criar unidade entre elas sem me satisfazer. Uma de que me lembro foi imaginar um mezanino como um tubo que, saindo do galpão, penetrasse e atravessasse a casa, até apontar no pátio do fundo. Por causa da largura insuficiente, a ideia não vingou. Acabei me conformando com um pequeno mezanino só para um quarto e um banheiro na transversal da casa, no seu encontro com o galpão, o que resultou em um pé-direito bem mais baixo sob ele, como um nó, e ao mesmo tempo uma transição entre os dois espaços principais. De quebra, conseguiria dramaticidade no percurso, pela contiguidade de espaços com alturas diferentes: lição do mestre Frank Lloyd Wright.

Eu precisava enfrentar o paradoxo do desejo de manter e destruir ao mesmo tempo. Retirar as paredes internas da casinha dando fluidez ao espaço pressupunha perder a bela luz das janelas que se refletia avermelhada nos tijolos já despidos do velho revestimento. Cobri-la depois de demolido o telhado, para substituição, seria perder sua condição de ruína que tanto me intrigava: só as altas e espessas paredes com o céu como cobertura. Cimentar, dar um acabamento sobre a base preparada com pedriscos para o piso do galpão, já coberto, enfraqueceria o significado almejado: o chão da rua sob a sombra do espaço interno.

Consegui resolver em parte a contradição nas janelas, onde os vidros temperados, sem necessidade de caixilhos, correriam no exterior dos vãos; e por serem transparentes desapareceriam, de modo a que mesmo fechados não destruíssem a imagem de ruína.

Descobri que se levantasse um pouco mais os muros do pátio entre a casa e a edícula, deixando tudo na mesma altura, conseguiria dar-lhe a mesma proporção dos espaços cobertos, transformando-o em uma sala sem teto, ou cujo teto fosse o próprio céu.

O projeto, enfim, se definiu: uma única parede — a comum com a casa vizinha — iria do início ao fim do terreno, unindo partes de proporções semelhantes — porque, sem as paredes internas, as da casinha se aproximavam às do galpão —, organizadas linearmente ao longo dela. Mesmo assim, ainda seria uma casa assimétrica, não antropomórfica, por ser geminada só de um lado.

Foi quando pedi a ajuda do Luiz e a obra de fato começou. Durou um ano, em que a visitei todos os dias e convivi afetuosamente com aqueles homens que me surpreendiam com sua habilidade de artesãos. Pude até sofrer chiliques quando a sua burrice ou teimosia me irritavam. E eles aguentaram bem minhas dúvidas, que se estenderam às decisões dos detalhes.

Dormiam ali durante a semana, mas o ambiente era sempre organizado e limpo, graças ao Bispo. Seu Esmeraldo, o carpinteiro, era um verdadeiro gato sobre o telhado, com as ferramentas penduradas na cintura como armas medievais, e, reservado, só ficava soltinho depois de uns goles, entre o fim do dia e o começo da noite. O Cícero era inteligente e criativo, um artista. O Paulo, o mais novo, meio burrinho e forte, se encarregava dos trabalhos mais pesados.

Até hoje, onze anos depois, ainda lembro deles. As tábuas do forro alinhadas, perfeitas, chegando nas paredes com a distância constante de três centímetros, embora cortadas à mão: Seu Esmeraldo; o ladrilho do chão impressionantemente plano: Bispo; um pedaço de parede que na única vez que foi ajudar, bateu muito forte sem querer, até demolir: Paulo; e os restauros milagrosos do Cícero. Pensei que a impressão de ainda habitar a obra fosse passar, mas de vez em quando ainda me sinto nela.

A inauguração coincidiu com o casamento do meu filho com Elena. Demos uma festa para duzentas pessoas. Apertados e um pouco ridículos na borda do pequeno mezanino que construí para o meu quarto, os noivos, os pais e os padrinhos. Foi decidido que o pai da noiva e eu faríamos discurso. Fui a primeira. Falei do casamento e da casa como inícios de uma nova vida. O entusiamo da plateia foi tal que me valeu uma leve e ciumenta ironia do segundo orador, comparando o meu texto ao seu, bem mais sintético. Me valeu também uma observação do meu filho anos depois, cheia de mágoa guardada:

— Você quis chamar a atenção para si mesma no meu casamento.

Depois da sua separação e dez anos de muita balada e viagens pelo mundo, Fred reencontrou o amor e convidou a Mabel para morar com ele. Felizmente não houve formalidades e não precisei fazer discurso. Fui visitá-los no mesmo apartamento onde ele passou a infância comigo e me alegrei vendo-os felizes, a casa renovada e colorida com as coisas da Mabel.

Eu, por minha vez, quando já estava totalmente incrédula sobre o mito da correspondência amorosa, tive que voltar a acreditar. Ele tem a minha idade, só um ano a menos. Como não poderia deixar de ser, é gentil e tem senso de humor. Gosta de escorregar o corpo no sofá esticando as pernas sobre a mesa de centro, repetindo o gesto do Raul, que tanto me impressionou quando menina. Além disso, sabe se comunicar em silêncio, como o Rômulo, é inteligente como o Sandro, jovial como o Sávio, intelectual como o professor da USP e engraçado como o Lázaro. Tem as sobrancelhas do meu pai e o mais intrigante: é parecido com o Afonso.

Acho que nosso caso de amor está durando porque aprendi com as minhas gatas a não ter mais ciúmes, depois que elas passaram a sair à noite e a voltar na manhã seguinte sem dar explicação.

Portugal e o oceanário

Minha mãe e eu fomos visitar a Diva, minha irmã, em Portugal, para onde ela se mudou com o segundo marido, depois de morar na Bahia, em João Pessoa, na Itália e na Índia, só para não abandonar a tradição nômade da família.

Em Vila Nova de Gaia, na linda esplanada do rio Douro em frente à cidade do Porto, a Ribeira, me senti dentro de um filme do Visconti, tomando vinho sob para-sóis, escutando nossa língua em vozes distantes e próximas (como é bom estar em outro país e poder ouvi-la no dia a dia das pessoas), observando as sombras no calçamento e o brilho da luz na água.

Visitamos também Lisboa, e no oceanário desci ao subsolo do edifício como se mergulhasse no próprio mar até sua parte mais recôndita: a areia virgem, pedras esquecidas e organismos híbridos nunca emergidos, flores para nunca serem vistas, fios emaranhados em uma dança sem vento. Como se mergulhasse em lembranças.

Um peixe de tamanho humano veio em minha direção, resvalou o corpo azul no grande vidro que separa nossos mundos, olhou-me nos olhos longamente, se retorceu e voltou, desaparecendo na poeira brilhante que ele mesmo produzia.

Maria Luiza Corrêa nasceu no Rio de Janeiro em 1947. Cursou o primeiro ano de Arquitetura e Urbanismo na Universidade Federal do Rio de Janeiro (UFRJ). Graduou-se em 1970 e fez doutorado na Faculdade de Arquitetura e Urbanismo da Universidade de São Paulo (FAU-USP), onde lecionou de 1990 a 2015. Concluiu a pós-graduação em Poesia e Ficção do Curso de Formação de Escritores do Instituto Vera Cruz, em São Paulo. Pela Quelônio, publicou também o livro de poemas *Planeta inventado* (2019).

Edição Bruno Zeni
Revisão Carmen T. S. Costa
Capa e projeto gráfico Sílvia Nastari
Editoração Maria Luísa Falcão
Tratamento de imagem Paulo César Pires Lamas

Imagens de capa © Florida Center for Instructional Technology e desenho de Albrecht Dürer, do livro *Quatro livros sobre as proporções humanas*, 1528. U.S. National Library of Medicine, Bethesda.

Dados Internacionais de Catalogação na Publicação (CIP)
(Laura Emilia da Silva Siqueira CRB 8-8127)

Corrêa, Maria Luiza.
Mulher assimétrica / Maria Luiza Corrêa; capa e projeto gráfico, Sílvia Nastari. 1ª ed. — São Paulo: Editora Quelônio : 2020. (Coleção Valsa de Esquina, 11).128 p. ; 14 x 21,5 cm.

ISBN 978-85-93229-63-3

1.Ficção: Literatura brasileira 2. Literatura brasileira: romance I. Corrêa, Maria Luiza. II. Nastari, Sílvia.

CDU 821.134.3(81) CDD 869.93

Índices para catálogo sistemático:
1. Ficção: Literatura brasileira
869.93

Editora Quelônio

Rua Venâncio Aires, 1072
Vila Pompeia
05024-030
São Paulo - SP
www.quelonio.com.br

Valsa de esquina

Coleção de literatura brasileira contemporânea

VALSA
de esquina

/

A literatura atual desconhece limites de gênero, estilo ou tema: o romance se fragmenta, o conto e a crônica se enlaçam, indistintos, a ficção está permeada de memorialismo e fantasmagoria, a poesia deriva para o prosaico — ou retoma, ora sarcástica, ora elevada, o rigor formal. Nessa contradança contemporânea, a narrativa, a lírica, a crônica e a memória se atracam, furtivamente, em uma valsa desencontrada.

A coleção Valsa de Esquina toma emprestado o título de um conto de Dalton Trevisan, incluído em *Novelas nada exemplares*, primeiro livro do autor. Também presta homenagem às "Valsas de esquina" compostas para o piano por Francisco Mignone.

Fontes Neue Haas Unica Pro e Bembo
Impressão Bartira Gráfica
Tiragem 300 exemplares

Coleção Valsa de Esquina, volume 11
São Paulo, abril de 2020